寻找张爱玲

In Search of Eileen Chang

西岭雪

/

著

廣東省出版集團

花城出版社

中国·广州

图书在版编目（ＣＩＰ）数据

寻找张爱玲 / 西岭雪著. -- 广州 ：花城出版社，
2014.7
ISBN 978-7-5360-7149-0

Ⅰ．①寻… Ⅱ．①西… Ⅲ．①长篇小说－中国－当代
Ⅳ．①I247.5

中国版本图书馆CIP数据核字(2014)第116783号

出 版 人：詹秀敏
责任编辑：郑裕敏　 刘玮婷　 邹蔚昀
技术编辑：凌春梅
装帧设计：朱展韵　@点纸
书籍插图：罗寒蕾

书　　名　寻找张爱玲
　　　　　Xunzhao Zhang Ailing
出版发行　花城出版社
　　　　　（广州市环市东路水荫路 11 号）
经　　销　全国新华书店
印　　刷　恒美印务（广州）有限公司
　　　　　（广州南沙经济技术开发区环市大道南路 334 号）
开　　本　880 毫米×1230 毫米　32 开
印　　张　6.5　6 插页
字　　数　140,000 字
版　　次　2014 年 7 月第 1 版　2014 年 7 月第 1 次印刷
定　　价　28.80 元

如发现印装质量问题，请直接与印刷厂联系调换。
购书热线：020－37604658　37602954
花城出版社网站：http://www.fcph.com.cn

理智是扑翅欲飞的蛾子，
在情感的茧里苦苦挣扎，
然而我的心是那只茧，
还是那只蛾？

目录

沈曹另结新欢？难怪办公室里每个人见到我都是那么一副怪怪的表情。

在我最需要安慰的时候，沈曹，他并没有在我身边，反而雪上加霜地使我更立于无援之地。

失业的同时，又遭遇了失恋。我终于意识到自己同沈曹是多么不同的两个人。

"今晚别走了好不好？"

"好。"我痛快地答应。

子俊反而愣住，停了一下说："天晚了，我送你回去吧。我宁可自己后悔，不愿让你后悔。"

我问张爱玲："你会后悔么？"

"对已经发生的事说后悔？"她反问我。接着自问自答："我没有那么愚蠢。"

她的坚持里，有种一意孤行的决绝，是壮烈，也是叛逆。

"我和你妈，决定离婚。"

我亲爱的父母，同甘共苦三十年，举案齐眉，相敬如宾，如今却还是要分开。

妈妈说："我同意离婚。我嫁进顾家几十年，已经累了。我的身体，我的灵魂，都已经疲倦了。"

灵魂。这是我第一次听到妈妈说灵魂。

我站在时间大神的残骸间泪如雨下。

明知道毁灭时间大神，我的爱也就走到了终点，却依然不能停止。

这是最后的华尔兹。当曲终人散，我也就永远与你分开，永不再见。

然而沈曹，我是真的爱你。

明知道毁灭时间大神，
我的爱也就走到了终点，
却依然不能停止。

倾 城 之 恋

壹

是为了对张爱玲的热爱，
才会放弃工作分配一个人
独自来到异乡为异客。
可是走在上海的街头，我
却见不到她。连梦也没有
一个。
晚生了数十年，就有那么
遗憾。
住在上海想着上海，可是
心里的上海和身边的上海
却不是同一个。
日思夜想，怎么能见张爱
玲一面呢？

她的一生虽然沧桑却曾经绚丽而多彩——生于乱世，少年时受尽折磨，忽然上帝将一个女子可以希祈得到的一切美好都堆放在她面前：才华、盛名、财富、甚至爱情，如烈火烹油，鲜花着锦，可是其后又一样样抽走，换来加倍的辛酸苦楚，跌宕流离，当她开至最美最艳的时候，也是她的路走到尽头的时候，于是不得不选择一死以避之——人生的悲剧莫过于此。

　　放下剪报，我的眼泪流了下来，是那样的委屈，不能控制。

　　窗外，细雨如丝，有燕子在雨中急急地飞，苍灰的天空，苍灰的屋脊，苍灰的鸽子背，哦，这是张爱玲笔下的上海，可是距离张爱玲离开已经整整半个世纪了。

　　那是一份 1995 年 9 月的旧报纸，新闻栏里说，一代才女张爱玲于 8 日晨被发现死于洛杉矶的一座公寓里，警方判断，距她去世大约已有六七天的时间……

　　洛杉矶？怎么会是洛杉矶？她明明是上海的女儿，竟然一个人走在那么遥远的孤独的异乡，谁也没有告诉，便独自决定了要悄悄地结束生命。

　　噫，生又何欢，死又何惧，她是真的累了，厌倦了，是吗？

我打开窗子，让风吹进来，让雨飘进来，让张爱玲寂寞的游魂飞进来。我想告诉她，我有多么爱她，有多少人爱她，惋惜她，不舍得她，她怎么忍心就这样离开了呢？

　　记得小时候听外婆说，人死后会将生前所有的路重走一遍，一一拾起前世的脚印，这样才可以重生，转世投胎。

　　上海留下了张爱玲那么深的回忆那么多的脚印，她总要回来的吧？

　　当她飞过上海的天空，会看到我，看到这个为了她才来到上海寻梦的姑苏女子吗？

　　——从十几岁第一次看张爱玲的《倾城之恋》，到二十几岁终于有机会把她所有作品买全，整整爱了她十年，从来没有改变过。

　　这个追星的时代，每天都有粉丝为了争看偶像打破头，如果说我也有偶像，那就是张爱玲。是为了她，才痴迷于上海的风花雪月，才会对电视连续剧《上海滩》奉若圣经，才会把阮玲玉的美人照挂满闺房，才会有心无心地开着音响一遍遍放周璇的《夜上海》，才会放弃工作分配一个人独自来到异乡为异客。

　　可是走在上海的街头，我却见不到她。

　　连梦也没有一个。

　　晚生了数十年，就有那么遗憾。

　　我穿平底鞋，白衬衫，绣花长裙，梳麻花辫，手里恒常一柄十六骨水墨山水的竹纸伞，雨天两只黄鹂鸣翠柳，晴时一行白鹭上青天。

上海看我是异乡客，我看自己是槛外人。

反正已经格格不入，索性做到尽。

子俊笑我住在上海想着上海，可是心里的上海和身边的上海却不是同一个。

我同意。日思夜想，怎样才可以见张爱玲一面呢？

裴子俊是我的男友，一个酷爱旅游不爱动脑的家伙，正职是导游，兴趣是做登山队员。也有人会把他的样子形容成英俊，因为他那一米八的个头在上海很不易见，而且手长腿长，四肢发达，时时喜欢弓起双臂做勇武有力状，这个时代没有老虎给他打是可惜了。

但是我不认为一个男人有八块腹肌就可以算英俊，我心目中的英俊小生是许文强——注意，是电视剧《上海滩》里的许文强，而非电影明星周润发。

一个演员塑造了某个角色，并不会因此就变成这个角色；张爱玲写了《倾城之恋》，但我爱的是张爱玲，不是白流苏。这点我分得很清楚。

我对子俊说："怎么能见张爱玲一面呢？"

他笑："还说你不是白日做梦？"

这一句是电影《大话西游》里青霞笑紫霞的对白，学几句周星驰已经是我男朋友最高的艺术细胞，书他是绝对不读的。不过好在他虽然不知道八大山人只是一个人的号而不是八人组合，却也知道张爱便是张爱玲的简称。

我过生日的时候，他也晓得买了最新版的礼品精装本《传奇》

送给我。可是我又忍不住要教训他："买书是为了看文字的，不管它是印在花纸上还是白纸上，是装在木盒子里还是金盒子里，它的价值都不会改变。"

他挠头："但是包装得漂亮点不是更好看？漂亮的女博士也比丑的受欢迎。"

你不能不承认，他的话有时也未必没道理。

但我还是要问："怎么才能亲眼看一眼张爱玲呢？"

他笑："如果她来上海开个唱，我打破头也替你抢一张前排坐票回来。"

我瞪着他，还是忍不住笑出来。不能怪他调侃，也许我这个想法的确是荒诞了些。五年了，便是张爱玲在天有灵，也早已魂梦两散，抑或转世投生，喝了孟婆汤，过了奈何桥，再也无复前尘记忆了。

唯有我，苦苦地挽着两手旧上海的星痕梦影，走在五十年后的大街小巷里，寻找五十年前的风花雪月。

每每去新华大戏院看电影，遥想数十年前这里首演话剧《倾城之恋》，张爱玲必也是夹于其间，悄悄地丰收着观众的喜悦与赞叹的吧？然而如今匆匆来去的人流中，哪里还可以寻到故人的萍踪？

我叹息："这一生中我老是错过，念中国美术学院，没赶上林风眠当校长；来上海打工，没赶上张爱玲签名售书。"

"但是你恰好遇上了我，不早也不晚，也算运气了。"子俊嘻嘻笑，又说，"过两天我们就要出发了，你要我带什么礼物给

你？"

这又是子俊一大罪状，送礼物当然是要有惊喜的才好，可是他每次都要认真地先问过我，而我总是盛情难却，只得随口答："什么都好，风格特别的项链啦手镯啦都行，上次你去昆明给我带的那些竹伞呀绣荷包啦就挺好。"

于是，我的箱子里便有了一整排的各式花伞荷包，足可以开个精品摊。

一根筋的裴子俊哦，硬是看不出其实所有的旅游点上的工艺品都是差不多的，西安可以卖雨花石，南京也可以卖兵马俑，真正与众不同的礼物，根本不是随便上街逛一逛就可以买得来的。

最可气的，是他有一次竟然拿了十几轴造假做旧的国画来向我献宝，说是倾囊购进的白石墨宝。也不想一想，真是齐白石亲笔，一幅已经千金难买，还能让你成批购进？他以为是1949年呢，400大洋可以买170幅。

按说子俊足迹遍及大江南北，攀岩潜水都来得，连热气球漂流都玩过，应当见多识广才对，可是他的所作所为，就好像守在一个密闭的屋子里一梦睡到老一样，完全不懂得思考。

他一生中做过的最大决定，就是在我已经决定与他分手、所有亲友也都劝我无效转而劝他放弃的时候，有一天他忽然福至心灵，辞去工作独自跑来了上海，而且一言不发地潜伏着，直到找到工作和住处后才突然出现在我面前。穿着冲锋衣背着登山包，一副要出征打仗的样子。

那时我已经在上海独自打拼了半年，钱已经用完了，朋友却还没交到，正是最孤独彷徨的时候。这个排外的城市里，我和子俊不仅同是天涯沦落人，而且他乡遇故知，于是重归于好。一转眼已经五年了，如果不出意外的话，明年春节我们会一起回家去禀报二老，把手续办了。

可是，真的要嫁给他吗？就像一滴墨落到宣纸上，从此决定了纸的命运？

如果是山水画，是青山秀水还是黑云压城城欲摧？如果是花鸟画，是百鸟朝凤还是日之夕矣鸡栖于埘？如果是人物画，是工笔仕女还是泼墨李逵？

——怕只怕，连李逵也做不好，直弄个李鬼出来，到那时，才叫日之夕矣悔之晚矣！

"出门的东西收拾好了吗？"我叹息，尽自己为人女友的本分，"要不要我去你处帮你整理箱子？"

"不用。你去了，我还要送你回来，来来去去地多麻烦。"子俊说，"除非你答应晚上待在我那里不回来。"

我睖他一眼，不说话。

子俊有些讪讪地，自动转移话题："你只要做到一点就行了……"他望着我，很认真地又是很孩子气地许愿，"你要每天在睡前说三遍：我想念裴子俊，我想立刻看到他。那样我就会很快回来。"

我"哧"地一笑："我想见张爱玲。说了千百遍不止，也没见她来过。"

然后我们还是一起出门去为子俊挑选随行用品。

其实子俊出门是家常便饭，一概折叠旅行包迷你牙具包应有

尽有，但是他每次远行，我还是忍不住要陪他添置点什么小物件，仿佛不如此便不能心安理得似的。

　　走在超市里，子俊感慨地说："你知道我最羡慕什么？看那些小夫妻一人一手推着车子在货架中间走来走去，挑一包方便面也要研究半天哪个牌子最可口，买瓶酱油也比来比去哪种价格最便宜。真是人生最大乐事。哪像我们，每次来超市都像打仗似的，想好了买什么才进来，进来了就直奔目的地，拿了便走。一点过

日子的情味都没有。"

"你这是变相骂我没人味儿？"我斜睨他，"难道现在不是在过日子？"

"各过各的日子。"子俊抱怨，"锦盒，与其交两份房租置两份家当，每天跑来跑去的，为什么不干脆……"

"也不过是省点走来走去的的士费罢了。"我打断他，"趁还付得起，及时付出，将来你想找个走来走去的理由还嫌矫情呢。"

子俊叹息，一声接一声，但是毕竟不再坚持。

类似的对话，每隔一段日子就会重复一两次。有时我也会想，是不是自己的选择太过离奇叛俗，算不算不正常？

但是要我接受暧昧的同居，宁可结婚。

说我保守也好，老土也好，我始终认为，能够同居，就能够结婚。然则，又何必背上个不名誉的未婚先嫁呢？

难得子俊等我十年，一直纵容我，忍让我。

其实私下里不是没想过，不如就这样结婚了也罢，十年都这样子迁延过去，人生也不过是数个十年而已，一段婚姻里有两个人，至少一个人是心满意足的已经成功了一半，至于那不大情愿的另一半，天长日久，总也会习惯成自然，终于接受下来的吧？

路过读书区，看到最新包装的《华丽缘》，虽然所有的故事都已耳熟能详，还是忍不住要取在手中翻了又翻。在一场偶然相逢的戏台下，张爱玲苦笑着感慨这一段人生的华丽缘：

> 每人都是几何学上的一个"点"——只有地位，
> 没有长度，宽度和厚度。整个的集会全是一点一点，

虚线构成的图画；而我，虽然也和别人一样地在厚
棉袍外面罩着蓝长衫，却是没有地位，只有长度，
阔度与厚度的一大块，所以我非常窘，一路跌跌冲
冲，踉踉跄跄地走了出去。

这便是她对于那个时代的最真切的感受了吧？文章写于1947
年4月，历史的动荡之期，她远行温州去寻夫。身份尴尬，前途
渺茫，在一大群穿着灰蓝袍子只有地位没有个性的"人民"中间，
在一点一点虚线构成的画面里，她找不到自己的位置，却因为没
有地位，而越发显得突兀，于是惟有逃离，"跌跌冲冲，踉踉跄
跄地走了出去"……

——当年她与胡兰成步行去美丽园，走在风声鹤唳的延安西
路上，她说："现代的东西纵有千般不是，它到底是我们的，与
我们亲。"她对上海的爱，是真挚的，发自肺腑的。她曾写过《到
底是上海人》那样家常清新的文字，说过对于上海，她是不等离
开就要想家的。然而最终，她却决绝地离去，走了那么远那么远，
直至无声地消逝在异乡。这样孤绝的远行之后，她的灵魂，还会
肯回来吗？

子俊说："喜欢，就买好了。十几块钱，至于站这半天吗？"

轮到我叹息，爱不释手并不等于渴望拥有。就算买了，下次
我在书店看到这本书还是会停下脚步的。让我流连的不是一本书，
而是一种情结。然而这里面的区别，子俊不会懂。

我再叹一声，将书插回书架去，转身间，碰落一本厚壳摄影集，
落在地上，翻开的书页是一幅跨页风景，橙黄的天空，绿色的海面，
海上有点点红帆——这是一幅关于色彩的展览，然而转瞬即逝的

瑰丽夕照改变了所有约定俗成的寻常印象，于是天是黄的，海是绿的，帆是红的，世界，是神奇的。

画的右端是落日浑圆，而左端已经有弦月初挂，淡得像一点影子，一声叹息。而摄影的标题，就叫做《叹息》！

我翻过画册看了一眼作者署名：沈曹。这应该是一位有绝高智慧的摄影天才，他的天分，不仅表现在摄影的角度，技巧，色彩和构图的掌握，更在于他通过变幻莫测的海景和日月星辰的对照所表现出来的一种对时间与空间的独特感受。他的摄影，充满了灵魂和思考。

售货员走过来，近乎粗暴地从我手中夺过那本摄影集，检查着："看，这个角都摔皱了，再怎么卖？"

"我买。"我简单地说。

"那好，我给你开票。"售货员立刻和颜悦色起来。

子俊有些不服气："样书罢了，碰一下就得买？这本书几十块呢。"

"几十块罢了，至于和她吵半天吗？"我学着他刚才的口气说，但是立刻又解释，"不过我倒也不是怕吵架，这本书的确值得买。"

"他拍得好吗？"子俊翻一翻，"街上风景画，那么大张，也不过卖三块钱一张，还是塑料的呢。"

我失笑。怎样向子俊解释摄影作品与粗制滥印的风景画是两回事呢？

和子俊在一起，需要解释的事情也许太多了。而且，永远不要指望他能听明白。

　　就好像我同样也不明白，我和他，这样完全不同的两个人，究竟是怎样走在一起的。

　　和子俊相识，远远不止十年，而要退回更早，早到小学三年级。

　　那年，我刚刚转学，来到新班级，因为个子高，被派到最后一排和男生同桌。那个男生，就是裴子俊。

　　当时班里都是男生和男生坐，女生和女生坐，我们这一对，在班里十分特殊，于是同学们在我来到当天就给我取了个绰号，叫"裴嫂"。

　　每天我一走进教室，就有好事的男生高喊："裴嫂来啦！"于是别的学生便起哄地跟着叫："裴嫂！裴嫂！裴子俊，你媳妇儿进来了，你还不快去接？"

　　子俊很恼火，便故意做出一副很凶的样子命令我："离我远点！"好像他所有的委屈都是因为我。可是，难道我的委屈不是因为他？

　　我坚持了一个星期，到底受不了，周末偷偷跑到外婆家去躲起来，到了星期一，爸妈来接我，我怎么也不肯走，哭着喊"我不要上学啦"。

　　妈妈又哄又吓，逼着我说出理由来，却毫不体谅："就为了一个绰号？这算什么？别人叫是别人的事儿，难道他们叫你两声你就真成了人家媳妇儿啦？上学去！"

　　最后，还是外婆心疼我，扭着一双"解放脚"找到学校里来，跟老师评理："人家都是男女分开，干吗把我家闺女儿配给臭小子一起坐？"

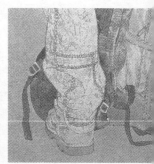

　　老师跟外婆讲不清道理，只得让校工再多搬一套桌椅来，让我和子俊分开坐。但是"裴嫂"的绰号，却仍然沿用了下来，一直到我中学毕业，在巷子里遇到老同学，还偶尔被人提起：咦，这不是裴嫂吗？

　　也许绰号这事儿就是这样，事隔多年，真名大姓未必会被记起，但是绰号，却是终身的记号，很难忘记。

　　不过隔了十年八年再提起，心底里已经没有那么恨，反而会激起一丝温馨，记忆的风瞬间吹动童年的发梢，想起若干往事。

　　也许是因为这样，裴子俊才会在十多年后的某个早晨，忽然想起了我，鲁莽地闯到宿舍里来，直统统告诉我，他一直没有忘记过我，一直偷偷喜欢着我的吧？

　　那时我已在杭州读美院，是出了名的才女，走在柳荫夹道的校园里，时时想：这便是林风眠校长当年走过的路吧？摩拳擦掌，一心要等着毕业出来做黄永玉第二，眼界高到天上去，哪里看得上旅游专科毕业的裴子俊？

　　只不好意思太伤人，半开玩笑地瞪他一眼："喜欢？我现在还记着当时你有多凶呢！还说要让我离你远点儿，你忘了？"

　　子俊满面通红，搓着两手，发誓一样地说："以后都不了，再也不凶了，只要你离我近，让我怎么着都行。"

　　现在想起那副憨态，还让我忍俊不禁。

　　那段日子，子俊隔三差五便坐了火车从苏州奔杭州，几乎每个周末，我们都会见一面。久而久之，便成了习惯。

　　晴西湖，雨西湖，苏堤，白堤，二十四桥明月夜，映日荷花别样红……这些个良辰美景，是要同心上人一起玩味的。便不是心上人，在身边如影随形地相伴久了，也就慢慢上了心。

　　少女情窦初开，往往是因为天气才恋爱的。柳絮轻沾，随风依依，无由故地便有几分离情，每一次落花成阵，弱柳拂风，都仿佛在轻轻说：不舍得，不舍得。

　　一次游完了西湖送他去车站，走在柳树下，站定了，随手替他掐开粘在发角的飞絮，手便被他握住了。

他的眼睛，在迷蒙的季节里如此多情，看得人心慌。

被他吻的时候，我吓得哭了，却不知道闪避。

很多年后都没有想明白，虽然看上去很纯很美，可是，那是爱情吗？

中间不是没有试过同他分手。

吵架、冷战、道歉、和好……这几乎是所有恋人的必经之路吧？对我们而言，这样的过招尤其频繁。

我们两个，性格差异好比天同地，我喜静，他喜动，一个要往东的时候，一个偏要去西，几乎没有什么时候是意见完全一致的。几年的相处，都是在我迁就你，你迁就我，就像两只寒风中的刺猬，若想依偎取暖，非得要先磨秃了自己的棱刺才行。

这个磨的过程，太疼了。

有时静下心来审视我们的爱情，总觉得血淋淋的，肉刺模糊，不知道折损了多少根刺，又扎穿了多少个伤口。

闹得最凶的一次，就是我离开苏州来上海前夕，整理了几年来他送我的所有小礼物，一股脑打个包儿归还了他，清楚地说：子俊，让我们分开，永远做朋友吧。

他茫然后退，受伤的样子令我心疼。

他说："能做朋友，又为什么要分手？"

能做朋友，又何必分手？也许他说的是金科玉律，最简单的真理。

我有些不忍心，但还是咬着牙说："我们两个，不合适。"

离开苏州那天，下着雨，我左手拎着一个藤编的箱子，右手

擎着竹纸伞，对子俊开玩笑："看我这样子，像不像徐志摩？"

　　他不以为然："为什么是徐志摩？他是男的你是女的，我看不出来哪点像。"

　　我又忍不住叹息了，子俊子俊，我们两个，是真的真的不合适。

　　奈何子俊始终不肯这样想，到底又追到上海来……

相 见 欢

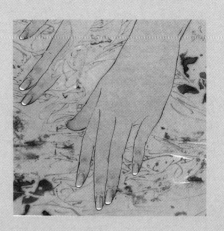

贰

我回过头，看到一个星眉
朗目的年轻人由老板陪着
走进来，正做指点江山状
夸夸其谈。

按说他的样子相当张扬，
可是不知为什么，只这一
眼，已经让我耳朵发痒脸
发烧，心惊肉跳地想：这
是谁？这个人是什么人？
我可不可以认识他？什么
时候能够再见到他？

刚刚见面，还不待认识已
经惦记下一次约会。只有
花痴才会这么想，可在那
一时那一地，这的确是我
心声。

上班的时候，对着电脑做扫描校色，我又忍不住想："怎样才能见到张爱玲呢？"

液晶显示器上，是一幅旧上海的广生行月历画，手抱鲜花的姐妹俩穿着大花大朵的旗袍，故作娇憨地巧笑嫣然，双眼弯弯如月，很天真无辜的样子，可是因为隔了半个多世纪的沧桑，便有了种过来人的味道，平添几分风尘态，反而似烟视媚行。

我用鼠标在妹妹的脸上圈圈点点，除去斑渍，涂黑眉眼，使唇更红，笑更艳，恨不得对着画中人唤一声"卿卿"，便将她拉下画来。

那时的上海，是张爱玲一路走过、看过、写过的。现在，它和我近在咫尺，只隔着一层电脑荧屏，但是，我走不进它，它也容不下我。

电脑内外的两个世界，就好比梦与现实的距离，看着触手可及，其实遥远得令人绝望。

忽然听到背后有人说："网络发明以后，色彩与声音已经把模拟再现的功用发挥到极致，以假乱真不再是童话，如果再加上时间控制，人们当非可以自由穿梭于世界历史？"

我为之一震，回过头来，看到一个星眉朗目的年轻人由老板陪着走进来，正做指点江山状夸夸其谈。

按说他的样子相当张扬，与我个性相去十万八千里，可是不知为什么，只这一眼，已经让我耳朵发痒脸发烧，心惊肉跳地想：这是谁？这个人是什么人？我可不可以认识他？什么时候能够再见到他？

刚刚见面，还不待认识已经惦记下一次约会。只有花痴才会这么想。可在那一时那一地，这的确是我心声。

耳边听得来实习的小女生们一片低呼："哗，好帅！"可见发花痴的并不只是我一人。

老板叫我："锦，跟你介绍一下，这位是沈曹先生，著名摄影师和彩色平面设计师，这是顾锦盒小姐，绘图员。"

沈曹？我一愣，心底莫名震动。著名摄影师沈曹？我昨天刚刚因缘巧合买下他的摄影集，今天就见到了作者本人？而且，那样有灵魂有思想有阅历的一位天才摄影师，原来竟是这样的年轻！

但是认识了又怎么样呢？他是"师"，我是"员"，高下立见，阶级分明，由不得我不有一点自卑，伸手出去时，只觉手心里凉津津的都是汗。

偏偏空调又坏了，本来心底无尘室自凉，可是现在，风吹皱一池春水，只觉阵阵热风拂面，几乎睁不开眼。

"锦盒？好名字！"那个可恶的沈曹朗声大笑，"词典里关于锦的成语都是最有神秘感的，锦囊妙计、锦上添花、锦绣前程、锦心绣口、锦衣夜行，但是锦盒……神秘兮兮的藏着些什么珍珠宝贝呢？"

说得办公室里的人都笑了。

我也低下头微微笑，答不上话来。我真笨，打七岁起就有这坏毛病，遇到喜欢的男孩便紧张，手心出汗，双耳失聪，兼哑口

无言。好口才是用来对付子俊那种大块头的，他每次看到我都满脸局促手足无措，我反而轻松。可是沈曹不行，他太潇洒自如了，于是轮到我面无人色。

但是他还有下文："咦，为什么我好像见过你？你有没有印象，我们到底在哪里见过？"

我看着他，只觉茫然。若这话由别的男人说出来，无疑是最恶劣的吊膀子惯用句式，可是沈曹，他似乎不该是那种人。但是见过面？为什么我会毫无印象？按说这样优秀的人物，如果我见过，绝对不会忘记。

一阵香风扑面，我顶头上司、设计部经理阿陈走进来："这位就是沈大摄影师？久仰久仰，有失远迎！"

这时代还有这样老套的对白，我忍不住哧一声笑出来，放松许多。

阿陈同沈曹寒暄几句，带他一一参观各办公室，吩咐我："锦，你打几个电话，订好酒店通知我们。"拿我当女秘书使唤。

我愤愤不平，尽管职位低，也是技术人员，堂堂的国美大学生，沦落到日复一日对着电脑做些扫描校色的无聊工作不算，还要被他呼来唤去做茶水小妹看待，真也大材小用。

可是不平又如何，拍案而起大声对他大声 say unfair？结果会怎样，用脚指头也想得出，他会笑嘻嘻立正敬礼向我道歉，顾小姐对不起是我错待了你对你不公平我们的合作至此结束请你明天另谋高就……饭碗就此砸掉。

不为五斗米折腰？那样做的前提是家里有五亩田做坚强后盾。古人动不动挂冠归农，但是现代城市人呢？哪有农田可耕？

天下乌鸦一般黑，无名小卒，走到哪里都一样受气，做生不如做熟，与其转着圈儿看遍各行各业不同黑暗面，不如一条道儿走到黑，看久了视而不见也就算了。即使上司是一个不长胡子的男人，闻久了他的香水味儿，也只有当做清凉油，反正又不是要跟他过一辈子，管他是否性别健全。

这里是上海，专门消磨人尊严志气的地方。它要的不是"才气"，是"财气"。"财"大而后"气"粗，无财，最好吞声。

我于是忍气吞声打了一轮电话后汇报："海鲜坊今天基围虾七折，我已经订了三号包厢。"

"很好。"老板嘉许我，"锦盒越来越能干了。"

典型的下人的能干——不在你才高八斗，而在你八面玲珑，重要的不是能力而是听话，越听话越多面服务就越能干，如此而已。我再一次忍下委屈。

没想到种种细节都被沈曹看在眼内，临出门时有意无意地问一句："顾小姐不随我们一起吗？"

"阿锦？啊，当然，当然。"阿陈见风使舵的本事足够我学三年，他倚在前台很亲切地探头过来，"锦，我站得腿都酸了，还要等多久你大小姐才能化完妆呀？"那口气就好像他原本就打算请我，倒是我装糊涂似的。

我只得站起来，"已经好了，这就可以走了。"

其实并不情愿沾这种光，可是如果不来，不是有气节，是没脸色，给脸不要脸。

不过是一顿饭罢了，然而那群小女生已经艳羡得眼珠子发蓝，一齐盯住我竖起大拇指，我冲她们挤一挤眼，做个风情万种状。

　　象拔蚌、三文鱼、龙虾船、大闸蟹，最大盘的一道是基围虾鲜活两吃，的确是盛宴，可是食客只有四个人——老板、阿陈、沈曹，还有我。

　　虽然我不知道沈曹除了摄影师的身份外还有什么特殊地位，但是看在鱼翅盅的分儿上，猜也猜得出来头不小。我这个陪客当得相当莫名其妙。但唯其如此，就更要小心应对，木讷了是小家子气，见不得场面拿不出手；太活跃了就是小人物禁不起抬举，鸡婆飞上篱笆扮凤凰。

　　我没有告诉他自己曾经买过他一本摄影集，怕被人觉得是巴结恭维。好在那个沈曹既善谈又思维敏捷，不住插科打诨，随便拈起一个话题都可以高谈阔论，却又并不使人生厌，一顿饭吃得颇不寂寞。

　　但是讨厌的阿陈老是忘不了揶揄我："你看阿锦，平时打扮得淑女相，一看到吃的就没出息了，掰螃蟹腿的样子可真野蛮，要说这外乡姑娘到底是没有咱上海小姐来得文雅。"

　　说得老板一笑。沈曹向我投来同情的一瞥，打圆场说："今天这蟹的确美味，我也食指大动，恨不得生出八只手来和蟹子比威风呢。"

　　我本来打算咽了阿陈这口气的，平日里"外乡人"长"外乡人"短地被他嘲讽惯了，已经不知道愤怒。但是经不起沈曹这一体谅，反而忍不住反唇相讥："我们苏州人吃蟹本来是最讲究的，早在晚清的时候就专门制作了一套用来吃蟹的'蟹八件'，可惜上海人贪吃不懂吃，只得一双手来肉搏，这叫'入乡随俗'。"

"你是苏州人？"沈曹哈哈大笑，接着盯住我，慢吞吞地说，"当日地陷东南，这东南有个姑苏城，城中阊门，最是红尘中一二等富贵风流之地。这阊门外有个十里街，街内有个仁清巷……"

"你说的是锦盒家的地址？"阿陈莫名其妙，"你怎么知道她家住哪儿？"

老板笑起来："他说的是葫芦庙的地址。"明知阿陈不懂，不再理他，只追着我问，"蟹八件是什么意思？"

我于是向他细细解说："就是小方桌、小圆锤、小斧、小叉、小剪，还有镊子、钎子、匙儿，这八件齐了，就可以垫、敲、劈、叉、剪、夹、剔、舀，把螃蟹庖丁解牛，细嚼慢咽，想怎么吃就怎么吃了。"

"这么多讲究？"老板大感兴趣，"那不是很麻烦？"

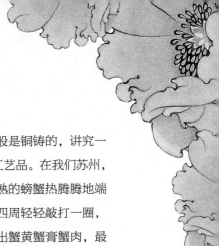

　　"不麻烦。家家都备着这蟹八件的，一般是铜铸的，讲究一些的就用银打，亮晶晶的，精巧玲珑，就像工艺品。在我们苏州，每到了吃蟹的季节，家家摆出小方桌，把蒸熟的螃蟹热腾腾地端上来，先剪下两只大螯八只腿，再对着蟹壳四周轻轻敲打一圈，用小斧劈开背壳和肚脐，然后拿钎子镊子夹出蟹黄蟹膏蟹肉，最后再用小匙舀进醋啊姜啊这些蘸料，用蟹壳端着吃。"我瞥一眼阿陈张口结舌的傻相，颇觉快意，更加绘声绘色地卖弄起来，"所以呀，这敲蟹壳剔蟹肉的功夫大着呢，吃过的蟹，壳要完整，裂而不碎，肉要干净，颗粒无余。所谓'螯封嫩玉双双满，壳凸红脂块块香'。如果苏州人吃相野蛮，姑苏林黛玉又怎么会亲力亲尝还赋诗赞咏呢？"

　　"哈哈，搬出林黛玉助威来了！好，比赛背红楼，你们两个可算一比一平。"老板大笑起来，"锦盒说蟹，把我说得都馋了。明年蟹季，一定要去苏州转一转，专门吃蟹去。哪，提前说好了，在座的一个也不许少，到时候一起去，我做东！"

　　"对，就去阿锦家吃。"阿陈见风使舵，立刻跟着凑趣，"锦，你家的蟹八件是铜的还是银的呀？"

　　"瓷的。"我淡淡地说，不软不硬顶了一句。

　　又是沈曹笑着打圆场："瓷的？不可能吧？我听说苏州人嫁女儿，蟹八件是陪嫁必需品，再穷的人家，金的银的陪不起，一套铜的蟹八件却是最起码的。你是不是要把蟹八件藏起来做陪嫁，怕我们抢走了不还呀？"

　　论调笑我却不是对手，脸上顿时烧烫起来，眼前忽然浮现出那幅题为《叹息》的海景照。不知为什么，这位沈设计师神采飞扬，笑容开朗，可是我却总觉得他的不羁背后有一种隐忍，一股拂不去的忧郁创伤。

席间已经换了话题，谈起网络与平面设计的接轨来。我低着头，专心地对付那螯八足，渐渐听出端倪：原来沈曹是位自由职业者，以摄影与设计为生，有作品登上《国家地理》封面，更是几次国际服装大赛宣传册和网页的设计者，年初才从国外归来，与某国外研究机构合作，致力于时光软件开发的新项目，尝试将音像产品输入电脑，用特殊的软件接通，并以声音催眠，让操作者神游于任意的时间地点。换言之，就是穿越时光隧道，身临其境地了解历史和世界。

"那我不是可以见到张爱玲了？"我脱口而出，"穿越时空的旅游，可能吗？"

"沈先生说可能，当然会有理论根据。"阿陈不遗余力地拍马屁，"锦，如果沈先生加盟我们公司，与我们合力开发这个软件，那公司就发大财了。先不论软件开发成功与否，这份广告效应已经不可估量。"

我这才明白，今天这些鲍参燕翅的真正价值原来在此。但是一时间我顾不到这些，仍然执著地问："有了这个软件，我是不是可以见到张爱玲？"

"你很想见张爱玲？"沈曹微笑地注视我，"从理论上说，是可以的。只要将张爱玲旧时的生活资料输入电脑，就像拍电影那样用画面还原当时的背景环境，而你身临其境，就可以上门寻访了。"

"天哪！"我目瞪口呆，简直无法置信，这样说，我的梦想

岂非可以变成现实，这可能吗？

"科学家已经证明了有时空隧道这回事，而我们的发明，虽然不等于时空隧道，但是已经往前走了一大步。不过，暂时来说，它还只是一种镜花水月的旅游，是贾宝玉梦游太虚境，假作真时真亦假。可是它对人类历史到底能起到多大的作用，在真正投入使用之前仍然是个谜。"

"天哪！"我再一次感叹，"我真的可以见张爱玲了？"

"看阿锦这傻样，除了喊天哪就不会说别的，到底是女人，头发长见识短，一点点事就吓成这样子。"阿陈最喜欢以捉弄人来卖弄自己的幽默感，哪里会放过这个讽刺我的机会，当下做出一副西施捧心状，拿腔作调地学着我喊："天哪！"逗得老板大笑起来。阿陈更加得意，越发用手托着下巴，蹙眉敛额，娇慵地问："我怎么能见张爱玲呢？"

分明在取笑我。可是别说，虽然夸张，那样子还真有几分像。

老板更加笑不可抑，对沈曹解释说："我们阿锦是个超级张迷，就是因为迷张爱玲的小说才跑到上海来的，有句口头禅就是：我怎么才可以见到张爱玲？"

沈曹也笑了："也许这只是一种美好的设想，不过已经很有实现的可能。人们常说：如果时光倒流，让我重来一次，我将如何如何。但是世上是没有后悔药卖的。不过，我们这个软件如果开发成功，那么最终结果就是：所有你期待的缘分都可以梦想成真，生命可以无数次地被重复修改，直到得出一个满意的人生。"

"天哪！"除此之外我已经不会说别的了。套一句阿陈的话——"先不论软件开发成功与否"，单是沈曹可以提出这样的大胆设想已经让我崇拜到无以复加了。这样的异想天开，裴子俊打破头也不会想出一条半条来，他最大的想象力就是如果他生在古代，一定去考武状元。

咦，慢着，如果软件开发成功，子俊岂非真的可以上景阳冈打虎了？那么如果他打败了，被老虎吃掉，还会回到今天来吗？

阿陈捅捅老板又指指我，挤眉弄眼地学我的发呆样子，吃吃地笑，活脱脱一副白相人德性。这个阿陈，为了讨老板高兴，真是怎么肉麻都不怕。这么好演技，又娘娘腔，干吗不反串唱戏去？

但是我顾不得理会他们，只是盯着沈曹问："那么依你说，人们可以借这个软件随意穿梭时空，那么他在彼时彼地发生的一切事情是真的还是假的？如果他回到从前去做了某些事情，而那些事是已经发生过的，那么他就算改变了历史又怎么样呢？就好像一个人已经死了，我跑回去阻止他死，难道他能重新活过来吗？"

"这就属于哲学领域的问题了。"沈曹答，"我们所处的空间是重合的，宇宙里同时有几个空间时间在并行，就是说，这个你在不同的时空里有不同的形象和作为，如果你改变了历史，那么虽然在这个时空里有些事情已经发生过了，可是在另一个时空它将沿着你改变的方向做另一种发展。"

"这个论调我好像听过，是爱因斯坦的相对论是吗？他认为时间和空间一样，都是相对的，人如果能够超越光速，就可以去往过去未来。那么不同的时间地点就有了不同的我。当这个我在上海吃螃蟹的时候，另一个我还在苏州河里摸螃蟹呢，是这样的吗？"

"差不多。"沈曹点头赞许。

"不过我怎么也想不明白。我就是我了，怎么会有好几个？比如我昨天看到一本书没来得及买，今天后悔了，可是再去书店的时候发现已经卖完了。难道我能退回到昨天去再买一本？"

"不是没有这种可能。但是事情发生的时候，已经记录在另一个时空了，你的今天还是这样过。但是你在另一个时空里的今天便被改变了。"沈曹侃侃而谈，"这就好像你在网上发文件，今天发了一个帖子，明天你修改后重发一次。虽然已经发出的帖子既成事实，但是帖子的现状却是以另一种修改过的姿态存在。发生了的固然已经发生，改变着的却依然在改变。换言之，这个时空的历史是能动的而不是被动的，这样说，你明白吗？"

"我好像明白，又好像不明白。"我甩一下头发，仍然执著地回到起点去，"那么你可以帮我见到张爱玲吗？"

这一次，连沈曹也忍不住，和老板、阿陈一起放声大笑起来。

对 照 记

/叁/

他说：我梦见你，你邀请

我来。

我的确邀请过他，可是，

也是在梦里。

我们，竟做了同样的梦。

然而，却如何把这梦变为

现实？

夜已经很深了。

上海的初秋，闷而湿热，风从窗户里吹进来，黏黏的，好像抓一把可以攥出水来。

五十年前的上海秋天，也是这样燠热么？

我在梦中对沈曹说："你那么神通广大，带我回到五十年前好不好？"

"那时的张爱玲，已经很不快乐。"沈曹建议，"不如去到更早。她和胡兰成初相遇的时候，又刚刚写出《倾城之恋》和《金锁记》，事业爱情两得意，那段日子，是她一生的亮点。"

"但是如果不是胡兰成，张爱玲的悲剧就都重写了。"我悠然神往，"如果真的可以去到四十年代，我会劝她不要跟他在一起。"

"如果让我选择回到过去，我就不要去那么远。我只去到十年前，要比裴子俊更早认识你，改写你的爱情。"

我大窘，怦然心动，怆恻感伤，竟然难过得醒了过来。

原来是个梦。

可是心"怦怦"跳得又急又响，梦里的一切，就好像真的一样，沈曹的眼神深情如许，所有的对白言犹在耳，荡气回肠。嘿！只不过见了一面，竟然梦见人家向自己求爱。难道，我已经爱上了他？

忽然听得耳畔有细细叹息声，蓦然回身，竟见一个梳着爱司头的女子端坐在床畔，那身上穿着的，宽袍大袖，不知是寝衣还是锦袍，只依稀看得出大镶大滚的鲜艳的阔边刺绣，额头广洁如清风朗月，双眸冷郁却如暗夜寒星，略带抑郁，欲语还休。那派头风度，胡兰成赞美过的"天然妙目，正大仙容"，既熟悉又陌生，她是谁？

我的眼睛忽然就湿了："你终于来了。"

"不要找我。"她低语，站起，款款走至窗前。风拂动她的发丝，栩栩如生。

此刻的她，究竟是生还是死？

"为什么？"

"历史不可改变，天机不可泄露。打破宇宙平衡的人，会遭天谴。"

"天谴？"我一愣，"你是说沈曹？他会有不测？"

然而她已经不再回答我，自顾迎向窗子，风吹起她的长发，有看不见的波澜暗涌，雷声隐隐。她的袖子扬起，可以清晰地看到织锦袖边上云卷云舒的如意花纹。

"别走！"我向前一迎，惊醒过来，又是一个梦。

就在这时候，门忽然被敲响了。

门开处，赫然站着湿淋淋的沈曹。

"外面下雨了吗？"我捏捏自己的面孔，"或者是我自己在做梦？"

"我刚才梦到了你，就想赶来看你。"沈曹身上往下滴着水，眼神凄苦而狂热，仿佛有火在燃烧，"锦盒，我想起来了，我见

过你！我想起在什么时候见过你了！"

"是吗？什么时候？"

他正欲回答，一阵电话铃响再次将我惊醒过来，发现自己仍然躺在床上，湿淋淋一身是汗。

而旁边，电话铃仍在一声迭一声地尖叫。

我取过放在耳边："喂？"

"锦？"对方是个陌生的男声，明明带着笑，却无端地有些哽咽。

我竖起寒毛："你是哪位？"

"沈曹……我想起来了，其实我们以前就见过。"

我几乎要尖叫，又是梦？！难道我已经花痴成狂？真恨不得将听筒抛出去砸个粉碎，逼自己醒过来。但是手不听使唤，耳边的听筒仍然传递来沈曹微哑的声音："我刚才做了一个梦，梦见你。我想问你，我们可不可以见个面？"

"见面？"我在梦里问，"这个时候？"

"可以吗？"

有什么不可以？反正是梦。既然是梦，就顺遂自己的心，放纵一回吧。

我迅速报出自己的住址："我等你，你要喝什么茶？"

唉，不论是什么茶，也许我根本不会等到水沸茶香，梦就已经醒了。

古有黄粱梦熟，今天我来煮一壶龙井等着梦醒吧。不知道梦醒时，茶凉否？

我洗过脸又换了衣裳，在屋子里走来走去，仍然不知道自己是不是在做梦。

咬一下嘴唇，是疼的。可是，梦里我也会疼哦。刚才梦见张爱玲，她幽怨的眼神，眼神里冷郁的魅惑，让我的心都揪紧了，还有沈曹的电话，和这之前的湿淋淋的他，说着一模一样的话，如果现在是清醒的话，那么刚才的梦岂非也是真实？可他明明没有来，窗外也明明没有下雨。

我呻吟起来，觉得再不做些什么，自己就快疯了。

水已沸。我关了电源，等它凉下来。

龙井是要用八十度水冲泡的，过热就闷熟了，如果水温冷了，而沈曹还没有来，那么这一切就是真的而不是梦。因为梦里都是顺心如意的，只有生活的真实才处处与人作对。

门铃这时候响起来。这么说，真的是梦？

我的心还在犹豫着要不要开门要不要相信，可是我的腿已经自动走到了门前，而且手不从心地拉开了销。

门外站着沈曹，眼神凄苦而炙热，仿佛有火在燃烧。可是他的身上，是干的。

我忍不住就伸出手去在他胳膊上摸了一把："你是真的还是假的？"

"是真的。"他居然这样回答，"不是做梦。"

"不是梦？"

"刚才是梦，但现在这个我是真的。"他拉着我的手走进来，恍惚地一笑，"你果然备了茶。"

与此同时他发现了那本摄影集："你买了这个？"他看着我，眼睛闪亮，"你没有告诉我，你有这个。"

　　"我在超市碰到它。"我说。那是真正的"碰到"，我翻看张爱玲，一转身，碰落这本书，然后半是自愿半是被迫地买下它，承认了这份缘。一切都是注定。

　　坐在茶案前，他熟练地将杯盏一一烫过，观音入宫，高山流水，春风拂面，重洗仙颜，片刻将茶冲定，反客为主，斟一杯放在我面前："请。"

　　"请。"我做个手势，三龙护鼎，三口为品，将茶慢慢地饮了，一股暖流直冲肺腑，茶香袅袅，沁人心脾。这么说，不是梦了？

　　我看定他："刚才，我梦见你。"

　　"我知道。我也梦到你。所以，我想见你。"

　　"这是怎么回事？"

　　"我也说不清。不过，刚才我试验新软件，催眠自己，去了十年前的国美，看到你在校园里走……"

　　"你去了中国美术学院？"我惊讶，"你怎么知道我是美院毕业的？"

　　"我不知道。事实上，我也是美院的。只不过，比你大了四届，你入校的时候，我已经毕业了。那次回校是应校长邀请去拍几张片子，在校长室的窗口看到你，觉得你的姿势态度都不像一个现代人，遗世独立，孑孑独行，非常有韵味，就拿出相机抢拍了一张照片。但是我追下楼的时候，你已经不见了……"

　　他说着从口袋里取出一张镶在雕花银相框里的照片来："我怕你不信，特意把它找了出来。"

　　照片中的女孩只有一个侧影，但是一眼已经看出那是我。长裙，长发，怀里抱着一摞书，侧歪了头在踽踽地走，身形瘦削，

恍若脚不沾尘。

　　读书时同学常常笑我这个走路的姿势如履薄冰，又好像披枷戴锁。

　　但是现在沈曹说：遗世独立，非常有韵味。

　　什么叫知己？就是擦肩而过时已经读懂对方的眼神脚步，哪里需要十年相处？

　　"送给你。"他说，"算是迟了十年的见面礼。"

　　"送给我？"我接过来，忍不住按在胸前，深吸一口气，眼睛不能自已地湿了。

　　这一刻，他和我，都明白在我们之间发生了什么事。

　　爱情。是的，在我与裴子俊近十年的马拉松恋爱之后，我终于知道了，什么是真正的我渴望中的爱情。

　　可是，来得何其迟？迟了十年。

　　梦中的沈曹说过："如果让我选择回到过去，我只去到十年前，要比裴子俊更早认识你，改写你的爱情。"

　　却原来，十年前他真的见过我。可是，却失之交臂……

　　泪流下来，我再也分不清什么是现实什么是梦。风仍然黏湿，但我已经不觉得热，心底里，是说不出的一种隐隐欢喜和深深凄苦……

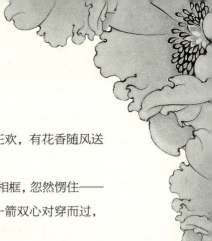

　　醒来时天已经大亮了，鸟儿在窗外叫得正欢，有花香随风送进来，是个万里无云的艳阳天。

　　我伸个懒腰，走到窗前，看到茶几上的银相框，忽然愣住——有小天使轻盈地飞在相框右角，弯弓巧射，一箭双心对穿而过，造型十分趣致可爱。

　　记忆一点点浮上来。花非花，雾非雾。夜半来，天明去。

　　昨天晚上，我曾经在这里同一个人谈了很久，他送我这帧相架相片，与我品茶，聊天，一夜话十年……来如春梦不多时，去似朝云无觅处。那一切，是真的么？

　　太阳穴一跳一跳地疼起来，心若忧若喜，七上八下。我问自己，到底希望昨晚的一切是梦还是真？如果是真，要不要继续下去？如果是梦，要不要让它成真？

　　可是，如何对子俊交代？难道对他说：对不起，你走的这几天，我认识了一个人，后来发现我其实十年前就见过他，所以我们……怎么说得出口？

　　而且，我对沈曹又了解多少呢？他是一个成功的摄影师、设计师，是个天才，是高我四届的学长，十年前曾和我有过半面之缘，以后或许会同我们公司合作——除此之外，我知道他多少？他的家庭，他的兴趣爱好，他的经历，他有没有女朋友，谈过几次恋爱，甚至有没有结婚或离婚，有没有孩子，他是不是真的爱我……这些，我了解吗？

　　我望向镜子。镜子里是红粉绯绯的一张桃花面，眉眼盈盈，欲嗔还喜，所谓春风得意就是这个样子吧？

　　理智还在趑趄不前，心却早已飞出去，不由自己。

相框下有一张纸条，我拾起来，看到龙飞凤舞的一行字：

> 我们能有几个十年经得起蹉跎？看着你梦中
> 的泪痕，我决定让往事重来，再也不可错过。静安
> 寺 Always Cafe 等。

静安寺？那不是张爱玲住过的地方？

沈曹，他竟如此知我心意。这样的约会，又怎忍得住不去？

手按在咖啡馆门柄上的一刹，心已经"蓬"地飞散了。

> 每天下午，在阳光里我会挑一个靠窗的位置，
> 喝咖啡，看着外面的世界。

这句话，分明是张爱玲文章中的句子，如今竟被拿来做店招牌广告语了。

沈曹，他是带我来寻梦，亦是造梦。

我再一次迷失。

是下午茶时间，但是咖啡馆里客人寥寥。沈曹占着一个靠窗的座位在朝我微笑，微微欠身，替我把椅子拉开了，待我站定，又轻轻推送几分——不要小看了这些个细节，有时候女人的心，就在那分寸之间起了波澜。

"当年，这个咖啡馆或者应该叫做起士林。"他开口，声音亦如梦中，有种磁性的不真实，"如果你的位子上坐着张爱玲，那么现在我的位子上，该是胡兰成。"

　　"不，应该是苏青，或者炎樱。"我恍惚地笑，心里暖洋洋地，莫名地便有几分醉意，在《双声》里，张爱玲记录下了她与炎樱大量的对话，妙语如珠，妙趣横生，那些对话，是与咖啡店密不可分的。

　　"每次张爱玲和炎樱来这里，都会叫两份奶油蛋糕，再另外要一份奶油。"

　　"哦，那不是会发胖？"沈曹笑起来，"都说张爱玲是现代'小资'的祖宗，可是'小资'们却是绝对不吃奶油的，说怕卡路里。"

　　一句话，又将时光拉了回来。

　　我终于有了几分真实感，这才抬起头细细打量店里设置，无非是精雕细刻的做旧，四壁挂着仿的陈逸飞的画，清宫后妃的黑白照片，当然也少不了上海老月历画儿——唯其时刻提醒着人们怀旧，我反而更清楚地记起了这是在21世纪，是五十年后的今天，奥维斯，毕竟不是起士林。

　　就算把淮海路的路牌重新恢复成霞飞路，就算重建那些白俄和犹太人开的旧式的咖啡馆，一模一样地复制那些灯光明亮的窗子，那些垂着流苏的帷幔和鲜花，音乐和舞池，我们又真的可以回到过去吗？咖啡的香味已经失真，法国梧桐新长的叶子不是去年落下的那一枚，不管什么样的餐牌，都变不成时光倒流的返乡证。

　　咖啡端上来了，是牛奶，不是奶油。我又忍不住微笑一下，低下头用小勺慢慢地搅拌着，看牛奶和糖和咖啡慢慢交融，再也混沌不清。

　　不相识的男女偶然相遇从陌生而结合，也是一份牛奶与一杯咖啡的因缘吧？各自为政时黑是黑白是白，一旦同杯共融，便立刻浑然一体，再也分解不开。

谁能将牛奶从一杯调好的奶香咖啡里重新提出？

"你什么时候回国的？"我问，"在国外过得好吗？"

大抵不相识的男女初次约会都是这样开场白的吧？然而我们已经是第三次见面。也许有些话题始终不可回避，只得把事情颠倒了来做。

他点燃一支烟，烟迷了眼睛，他隔着烟望回从前："在国外，一直怀念祖国的姑娘。明知道其实现在全世界的华人都差不多，可是总觉得记忆里的祖国姑娘是不一样的，黄黄的可爱的扁面孔，粗黑油厚的大辫子，冬天煨个手炉，夏天执把团扇，闺房百宝盒里，"他抬头看我一眼，"……藏着烂银镶珐琅的蟹八件。"

我的脸暮地热起来，想不理，怕他误会我默认；待要顶回一句，人家又没指名道姓，岂不成了自作多情？只得顾左右而言他："《金锁记》里的童世舫，《倾城之恋》的范柳原，也都对祖国的姑娘抱着不切实际的乡愁。"

沈曹看我一眼，说："不会比想见张爱玲更不切实际。"

我无言。昨夜，我们曾交浅言深，畅谈了那么久的理想与心情。可是，那是在梦里。至少，我把它当做了一个梦。如今明晃晃的大太阳底下，让我如何骗自己，告诉自己说我可以潇洒从容不在乎？

梦总是要醒。我们，总是要面对现实。

张爱玲爱上胡兰成的时候，犹豫过吗？像她那样才华横溢的名女子，如花岁月里，不会只有胡兰成一个机会，但是，她却选

择了那样不安定的一份爱情。

他们在什么样的季节相遇？

是像白流苏和范柳原那样相识于一场舞会？家茵和夏宗豫因为电影而结缘？还是像银娣和三爷情悟浴佛寺？——没有尽头的重门叠户，卍字栏杆的走廊，两旁是明黄黄的柱子。他从那柱子的深处走来。她在那柱子的深处站立着等候。有心不去看他，可是眼睛出卖了心，满脸都是笑意，唇边盛不住了，一点点泛向两腮去，粉红的，桃花飞飞，烧透了半边天。

非关情欲，只是饥渴。生命深处的一种渴。

如果可以见到张爱玲，我不会和她讨论写作的技巧，也许更想知道的是，在她那样的年代，于她那样的女子，如何选择爱情与命运？

然而，怎样才可以见到张爱玲呢？

我低下头，轻轻说："梦里，她让我告诉你，泄露天机会有不测。"说出口，才发现没头没脑，此话不通之至。

但是沈曹竟可以听得懂："你见到她了？"

"也许那不能叫见，只是一种感觉，我不知道和我交谈的到底是一个形象，还是一组声音。但是我记得清梦中每一个细节，包括她墨绿织锦袍子上黑缎宽镶的刺绣花纹。"

"她如何出现？"

"没有出场动作，是早已经在那里的。"

"如何离开？"

"像一蓬烟花乍现，蓦然分解开来，片刻间烟消云散，十分凄迷。"

我们两个人的话，如同打哑谜，又似参禅。不约而同，两个人都沉默下来，却并不觉得冷场。

他慢慢地吞云吐雾，好像要在云雾中找一条出路。

我的心，仍是搅混了的一杯咖啡，难辨滋味。

从窗子望出去，可以看到马路对面浅黄色的常德公寓，门口钉着小小铜牌。楼层并不高，可是因其神秘的内涵，便在我眼中变得伟岸——许多许多年前，它不叫常德公寓，而叫爱丁顿公寓的时候，张爱玲就是从那里出出进进，和她的姑姑，那个贞静如秋月的女子，共同守着小楼轩窗度过一个又一个清寂的日子的。

十年生死两茫茫。不思量，自难忘。千里孤坟，无处话凄凉。

盛名之下，有的是苍凉的手势和无声的叹息。每到红时便成灰。彼时的张爱，红透了半边天，光芒早早地穿透时光一直照进今天，但是彼时，她的光却是已经燃到了尽头。

是天妒多才吧？她在《倾城之恋》，她的成名作里写着：

> 香港的陷落成全了她。但是在这不可理喻的世
> 界里，谁知道什么是因，什么是果？谁知道呢，也
> 许就因为要成全她，一个大都市倾覆了。成千上万
> 的人死去，成千上万的人痛苦着，跟着是惊天动地
> 的大改革……传奇里的倾国倾城的人大抵如此。

也许，那时峥嵘乍露，她已经预知了自己的命运？那样一个倾城倾国的女子，在惊天动地的大改革里，如烟花粲然绽放，却又转瞬即逝。"泄露天机的人，会受天谴"。昨夜，她这样警告我，究竟是告诫我，抑或感慨她自己？

如果昨夜的相见是她穿越了时光来看我，那么五十年前，她哀艳的眼神是否亦曾穿透表面的浮世繁华，看清了五十年后的沧桑飘零？

五十年后的我，视五十年前的她为记忆，为印象，为思念；五十年前的她，如知了五十年后的我，亦只当是笔下一组符号，是虚构，是悬念，是影像吧？

沈曹在碟子里捻灭烟头："我们走吧。"

"去哪里？"我抬头，却在问话的同时已经预知了答案。

果然，沈曹诵经般轻轻吐出四个字："常德公寓。"

除了听从他如听从命运的呼召，我还能做些什么？

第一炉香

/ 肆 /

常德公寓。乘着老旧的电
梯"哐哐"地一级级上去，
仿佛一步步靠近天堂。
脚步在房中游走之际，神
思也在文字间游走着，分
不清哪些是真实的感受，
哪些是故人的回忆。
依稀有个声音对我说："爱
玲，你妈妈来信，要你寄
张照片过去，寄哪张好
呢？"

乘着老旧的电梯"哐哐"地一级级上去，仿佛一步步靠近天堂。

相对于曾经作为旧上海十里洋场的象征的哈同花园从中苏友好大厦而变为张春桥的秘密会议室而变为展览中心和花园酒家，爱丁顿公寓变为常德公寓，实在算不了什么。

站在厚实的木门前，沈曹掏出钥匙说："是这里了。"

只是一个上午，他竟把一切都安排好了，连张爱玲旧居的钥匙也拿到了手。沈曹沈曹，如何令我不心动？

锈漆斑驳的门"吱呀"推开，仿佛有一股清冷的风迎面扑来，人蓦地就迷失了。许多烂熟于心的句子潮水般涌上来，仿佛往事被唤醒，如潮不息。脚步在房中游走之际，神思也在文字间游走着，分不清哪些是真实的感受，哪些是故人的回忆。

那落地的铜门，铜门上精致的插销和把手，那高高的镜子，镜子上的锈迹与印花，那雕花的大床，是否还记得故人的梦，那凄清的壁炉，曾经烘烤过谁的心，那轻颦浅笑的窃窃私语，是来自墙壁的记忆还是历史的回声？

　　　　我的家对于我一直是一个精致完全的体系，无论如何
　　不能让它稍有毁损。前天我打碎了桌面上一块玻璃，照样

赔一块要六百块，而我这两天刚巧破产，但还是急急地把木匠找了来。

阳台上撑出的半截绿竹帘子，一夏天晒下来，已经和秋草一样的黄了。我在阳台上篦头，也像落叶似的掉头发。

上次急于到阳台上收衣裳，推玻璃门推不开，把膝盖在门上一抵，豁朗一声，一块玻璃粉碎了，膝盖上只擦破一点皮，可是流下血来，直溅到脚面上，搽上红药水，红药水循着血痕一路流下去……

红药水合着血水，一路流下去，漫过阳台，漫过走廊，漫过客厅，一直漫到屋子外面去了，映得天边的夕阳都有了几分如血的味道。远远地仿佛听到电车铃声，还有悠扬的华尔兹舞曲——是哈同花园又在举行盛大派对了么？

手扶在窗棂上，眼睛望出去，再看不到鳞次栉比的高楼大厦，而一览无余地直见外滩：三轮车夫拉着戴礼帽的绅士和穿蓬裙的小姐在看灯，乞儿打着莲花落随后追着，绅士不耐烦地将手中的手杖敲着踏板催促，一边向后抛去几枚零钱，孩童们一拥而上争抢起来，红鼻子阿三吹着哨子跑上来驱赶，卖花姑娘颤声儿叫着："玉兰儿，五毛一串，香喷喷的玉兰花儿。"再远处是金黄色的黄浦江，翻滚如一大锅煮沸的巧克力汁，行驶其上的轮船是搅拌糖汁的糖棒，一声巨响后，有黑粗的烟喷上了天……

每一缕清冷的风，都带来一段旧时的回忆，那隔墙送来幽微

的清香，是玉兰，还是栀子？

如果将一只篮子从这里垂下去，盛起的，不仅仅是温热的消夜，还有旧日的星辰吧？

依稀听到一个温柔的女声对我说："爱玲，你妈妈来信了，说想要你的照片儿呢。"

我随口答："就把姑姑前儿和我照的那张合影寄过去吧。"

"你说的是哪一张呀？"

"姑姑怎么不记得了？喏，就是站在阳台那儿照的那张。"我笑着回身，忽然一愣，耳边幻象顿消。

哪里有什么姑姑，站在走廊深处远远望着我的人，是沈曹。

"大白天，也做梦？"他笑着走过来，了解地问，"把自己当成张爱玲了？"

我深深震撼，不能自已："我听到姑姑的声音，她说妈妈来信了。"

"张茂渊？"沈曹沉吟，"张爱玲的母亲黄逸梵曾和小姑张茂渊一起留学海外，交情很好，后来和丈夫离了婚，和张茂渊却一直保持良好的关系。对张爱玲来说，很大程度上，妈妈就是姑姑，姑姑就是妈妈，两者不可分。张爱玲不堪继母虐待离家出走，就是跑到了姑姑家，和妈妈、姑姑生活在一起。后来黄逸梵再度离国，张爱玲就和姑姑一起生活，就在这座爱丁顿公寓的 51 室和 65 室里先后断断续续住过十几年，直到 1952 年避居香港。"

怆恻的情绪抓住了我，几乎不能呼吸。张爱玲从来都没有过自己真正的家，这里是她住过的最长时间的地方，她在这里写了《金锁记》和《倾城之恋》，也在这里与胡兰成相识相爱，相约密会，直至签下"岁月静好，现世安稳"的海誓山盟。当年的她与他，坐在那织锦的长沙发上，头碰头地同看一幅日本歌川贞秀的浮世绘，或者吟诗赌茶，笑评"倬彼云汉，昭回于天"这样的句子，又或者相依偎着，静静地听一曲梵婀铃。

那段时光，她的爱情和事业都达到了顶峰，佳作无数，满心欢喜，只盼月长圆，花常艳，有情人永远相伴。

然而，不论她是多么地讨厌政治，渴望平安，政治却不肯放过她，动乱的时代也不肯为她而蓦然平息了干戈。是时代使她与他分开，还是她和他，从头至尾，根本就不该在一起？

现世不得安稳，岁月无复静好，她与他的爱情之花，从盛开至萎谢，不过三两年，在他，只是花谢又一春，在她，却燃烧殆尽。

于是，她留言给他："我倘使不得不离开你，亦不致寻短见，亦不能够再爱别人，我将只是萎谢了。"

萎谢了的张爱玲，如一片落花，随波逐流，漂去了海外，尝尽人间风雨，海外沧桑，直至孤独地死在陌生的洛杉矶公寓里……

我回过头，不知何时已经泪流满面："沈曹，请你帮助我，我想见到张爱玲。"

我想见到张爱玲，见到1943年的张爱玲，那时的她，双十年华，风华正茂，聪慧，清朗，腹有诗书气自华。尚未认识胡兰成，不知道爱情的苦，却已经深深体味了家族的动荡，浮世的辛酸。慧眼识风尘，以一颗敏感而易感的心，让文字于乱世沉静，喁喁地，如泣如诉，写下《第一炉香》《第二炉香》……

如果不是胡兰成，如果不是那命中劫数一样的爱恋与冤孽，

她或许会写得更多更久，会继续第三炉香，第四炉香，让香烟缭
绕今世，安慰如她一般寂寞清冷的后人。

如果不是胡兰成，张爱玲所有的悲剧都将改写，甚或中国文
学近代史也会有未知的改变，会诞生更多的如《金锁记》那般伟
大的作品。

如果不是胡兰成……

但是沈曹说，他还要再搜集一些资料，做好准备，才能带我
做第一次试验。

他犹豫地说："我的研究，还停留在理论刚刚结合实践的阶
段，相当于数学领域中新出炉的一条运算规则设想，理论得出来
了，还没有应用，寻找张爱玲，是这规则下看起来相对简单的一
道题目，等于是第一次验算。可是验算的结果到底是证明规则的
正确性还是谬理，尚未可知。而且用到催眠术，毕竟还是有一定
危险性的。锦盒，我们是不是应该再等些日子，让我把这些实验
结果进一步完善后，再进行尝试？"

"可是如果不尝试，就永远无法得出最终结论。"我自告奋勇，
"总之你要寻找一个志愿者试药，我愿意做这第一个吃螃蟹的人。
至少，我比别人有更有利的条件，就是我的热情和对你的信心。"

沈曹十分震撼："锦盒，为了你，我也要将实验早日完成。"

接下来的日子，生活忽然变得不同。我仍然朝九晚五，看阿
陈的白眼和老板的笑脸。

可庆幸的是，老板的笑脸越来越多，而阿陈的白眼则早已转
作了青眼。

我当然明白那些和颜悦色不是为了我。

沈曹每天都派速递公司送花给我，玫瑰雏菊康乃馨，大束大束，每次都是九十九朵。

刚开始办公室的女孩子还大惊小怪打听出手这么阔绰的绅士是哪位，渐渐便不再问了，只纷纷投以嫉妒的眼神。

可悲抑或可喜？女人的尊卑往往取决于赏识她的男人的身份尊贵与否。

但是他不打一个电话给我。因为他说过，在做好准备之前，不会再找我。

而子俊正好相反，每晚都会准时准点地有电话打进来，问我有没有关煤气，叮嘱我记得吃早饭，不要老是服用安定片帮助睡眠。同样的话，重复千遍，也仍是一份温情。虽然没有新意，可是有人关心的感觉是不同的。

以往收到这样的电话，我的心里总会觉得几分温暖。然而现在，更多的却是犹疑。

看到沈曹就会想起子俊，而接到子俊的电话，我又怔忡茫然，总觉沈曹的笑容在眼前飘。这种魂牵梦萦的感觉，不是爱，是什么呢？然而如果我对沈曹是爱，那么对子俊又是什么？我们谈了近十年恋爱，难道都是误会？

一颗心分成两半，揉搓得百转千回，仿佛天平动荡不宁，两头的重量相仿，可一边是砂砾一边是金。

晚上看电视，张国荣作品回顾展。

这个正当盛年的影歌双栖明星，在出演灵异片《异度空间》

不久跳楼自尽，而那片子的结尾，正是他站在高楼边缘徘徊。电影里他最终被情人挽留没有跳下去，然而现实生活中，他却跳了，那么决绝地，自二十四层高楼一跃而下，如生命中一道苍凉的手势。《异度空间》从此成为绝响，影视圈再也见不到哥哥哀艳的眼神。

影片与现实，正正合了那片名，作成异度空间的不同结局。

而同样还是依借了虚幻的电视影像，多情的观众仍可以在影片中重见哥哥芳容，一边感慨浮生若梦。

我有点明白沈曹的发明了。

今晚的哥哥专辑，选播的是《东邪西毒》，林青霞对着想象

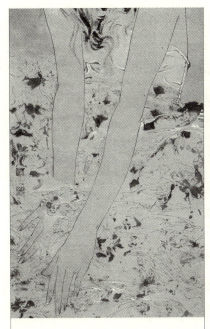

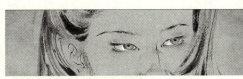

中的情人说："我曾经问过自己，你最喜欢的女人是不是我？"

——如果我问起沈曹同样的问题，他会怎么回答？

沈曹这样的人，一生中必定有过艳遇无数，即使他答了我，我也不一定会相信他的答案。

我告诉自己一定不要这样问他。

但是林青霞不肯这么想，她自欺欺人地自问自答："如果我有一天忍不住问起，你一定要骗我。"

《东邪西毒》里的女人个个都很奇怪：

张曼玉等在桃花树下，却至死不肯说出在等什么。

杨采妮牵着一头驴，执著地到处找刀手替她去杀人，代价是一篮子鸡蛋。

刘嘉玲没完没了地在河边刷马。

——我饶有兴趣地想，不知道那一组充满暗示性的画面，究竟是导演王家卫的手笔，还是摄影师杜可风的意志？

女人抚摸着马，而摄影师通过镜头抚摸着刘嘉玲。女人的脚，女人的腿，女人的手。

电影，也是一种对时空的穿越和重组吧？

看着那样的镜头，可以充分体验到什么叫水做的骨肉。然而可以选择，我不愿意做流动的河水，而宁可是水边不变的岸渚。如果是那样，沈曹必定是飞扬的风帆，于水面驰骋；而子俊，则是岸边的一棵树。

所有的海岸，都是为了风帆而停留，而企盼，而屹立永恒的。

那是岸的使命，也是帆的宿命。

连梦里也不能安宁，光怪陆离的全是女人和马，无垠的沙漠，

河水潺潺。总是听到敲门声，似真似幻。

可我不敢开门。我怕开门看不到他，更怕开门看到他。

沈曹，你最爱的女人是不是我？

终于这天沈曹通知我准备就绪。

他的宝马车开到公司楼下来接我，众目睽睽下，我提起长裙一角走进电梯，如灰姑娘去赴王子的舞会，乍喜还忧，担心过了十二点会遗落梦中的水晶鞋。

但凡被有钱有势的男子取中的幸运女郎都是灰姑娘，披着一身艳羡或者妒忌的眼珠子走路，时时担心跌倒。

敞篷跑车即使在上海这样的大都市里，也仍然不多见。沈曹的驾驶技术一流，车子在街道中间穿梭自如，虽是高峰时分，亦不肯稍微减速。两旁树木如飞后驰，风因为速度而有了颜色，是一大片印象派的绿，绿得让人睁不开眼睛。我的长发在绿色中扬起，没头没脑地披向沈曹的脸，他又要笑又要开车，捞起我的长发放在唇边深深地吻。

我问他："开敞篷车会不会担心下雨？"

他反问："爱上你会不会受苦？"

"当然会，一定会，所以为安全计，最好减速行驶，三思而后行。"

我笑着推开他，取一方丝巾扎起头发，在风中扬声大笑，前所未有地痛快。

爱一个人是这样的快乐。虽然我不能尽情爱一次，至少可以大胆地犯一回超速行驶的错吧。

我们来到沈曹的工作室。

这里并没有我想象中的杂乱无章，如一般艺术家那般画像堆积，摄影作品随处堆叠。而是所有的资料都一格格严整地排列在书柜里，电脑桌上井井有条，沿墙一圈乳白色真皮沙发，茶几上摆着几样老饰物，最醒目的是一只旧时代的留声机，正在唱一首老歌，白光的《等着你回来》："我等着你回来，我等着你回来……"

墙上是莫奈作品《日本桥》的巨幅摄影，浓浓的一片莲湖，映得满室皆绿，好像是风把路边的绿色吹到了这里来——睡莲在湖上幽娴地开放，密树成荫倒映水中，而弯月形的日本桥温柔地起伏在莲花湖上，也横亘于图画上半部最醒目的位置，被染得一片苍翠。

很多人提到莫奈，就会赞起他的《睡莲》，但我却一直对《日本桥》情有独钟，那一片浓郁欲滴的绿，那种溢然纸上的生机，令人的心在宁静中感到隐隐的不安，好像预感好运将临，却又不能确知那是什么，于是更觉渴盼，期待一个意外之喜。

站在巨幅的莲湖桥下，只觉那浓得睁不开眼的绿色铺天盖地遮过来，爱的气息再次将我笼罩，遇到沈曹，爱上沈曹，于每个细微处心心相印，相知相契，这些，都是命运，是命运！

逃不出，也不想逃。日本桥下，我束手就擒，甘做爱的俘虏。

沈曹按动机关，绿色日本桥徐徐退去，露出一座雕纹极其精致的挂钟，有无名暗香浮起，我忽然觉得困倦。白光仍在细细地唱，寂寂地盼：我要等你回来，我要等你回来……

歌声将我的神思带向很遥远的远方，而沈曹的声音在另一个世界朦胧地响起："这就是我的最新研究成果，我为它取名'时

间大神',时钟上顺时针走,每分钟代表一个月,每12分钟为一年,每小时是五年,共有12小时,也就是最多可预知六十年后的情形。逆时针转,则每秒钟代表一天,每分钟是两个月,每小时十年,最多可以回溯一百二十年历史。更早的过去或者更久的未来,则等待仪器的进一步完善。目前这个设备尚未正式投入使用,一则资料不足,二则数据还不够精确,所以使用时,必须由我亲自监督,以防不测……"

接着我再听不清他的声音,取而代之的,却是一阵阵细微的哭泣声,幽咽、稚气,仿佛有无尽委屈。

我站了一会儿,渐渐分辨清楚周围的景象,是在一幢奇怪的院子里,空旷、冷清,虽然花木扶疏,灯火掩映,看在眼里,却只是有种说不出的荒凉。这是哪里呢?

院中间有个秋千架,天井旁架着青石的砧板,边沿儿上结着厚苔,阴湿浓绿,是《日本桥》画儿上生剥了一块颜料下来,斑驳的,像蛾子扑飞的翅上的粉,爱沾不沾的。哭声从厢房里断断续续地传出来,我身不由己,踏着湿冷的青草一径地走过去。

湘帘半卷,昏黄的灯光下,角落里坐着个六七岁的小姑娘,缩在壁炉旁嘤嘤地哭,宽宽的镶边袖子褪下去,露出伶仃的瘦腕,不住地拭着泪。她的周围,凌乱地堆着些洋娃娃,有飘带的纱边帽子,成队的锡兵骑兵,都是稀罕精致的舶来玩意儿。可是她在哭,哀切地,无助地,低声地哭泣着,那样一种无望的姿势,不是一般小孩子受了委屈后冤枉的哭,更不是撒娇或讨饶,她的低低的哽咽着的哭声,分明不指望有任何人会来顾惜她,安慰她,她是

早已习惯了这样不为人注意的哭泣的。

那样富足的环境，那样无助的孩童，物质的充裕和心灵的贫苦是毫无遮掩的凄惨。

我最见不得小孩子受苦，当下推开门来，放软了声音唤她："你好啊，是谁欺负了你？"

她抬起头，泪汪汪大眼睛里充满戒备，有种怀疑一切的稚嫩和孤独——我的心忍不住又疼了一下，那么小的孩子，那么深的孤独，藏也藏不住——我把态度尽量放得更友好些："我很想帮助你……我帮得上忙吗？"

"May I help you?"她忽然冒出一句英文来，并害羞地笑

了，羞涩里有一丝喜悦，"妈妈教过我这句英语，她说外国人常常这样招呼人，你是外国人吗？"

不等我回答，她又充满期待地说："你是黑头发，不是外国人，那么，你是从外国来的么？是留学生，和我妈妈一样？你是不是我妈妈的朋友？是妈妈让你来看我的吗？"

我不知道该怎样回答她一连串的问题，又不忍使她失望，只得含糊应着："哦是。你叫什么名字？为什么哭？"

"我叫张瑛……爸爸和姨外婆打架，姨外婆摔东西，打破了爸爸的头……我怕，我想妈妈。"她低头说着，声音里有泪意，可是已经不再哭了。

我一愣，暗暗计算，不禁叫苦。沈曹扳错了时间掣，此刻绝非四十年代，此地也不是上海，张父居然还娶着姨太太，那么这会儿该是 1928 年前后了。

那一年，北上军阀在少林寺火烧天王殿和大雄宝殿，钟鼓楼一夜失音；那一年，林徽音下嫁梁思成，于加拿大欢宴宾客；那一年，香港电台成立，揭开了香港传播业的新篇章；那一年，国民政府司法部改组为司法行政部；那一年，张爱玲还不叫张爱玲，而叫张瑛；那一年，张父辞了姨太太，带同全家南下，横渡墨绿靓蓝的黄浦江，从天津漂去了上海，从此开始了爱玲一生的漂流……

我扶起小小的张瑛，紧紧抱在怀中，忽觉无限疼惜："你是多么让人爱怜。"

"爱怜？"她仰起头，大眼睛里藏着不属于她这年龄的深沉的思索，"从来没有人这样对我说过，从来没有人用这个词形容我。"

小小年纪，已经知道对文字敏感。我更加喟然。她的脚边放着一本线装书，我拿过来翻两页，是老版的《石头记》，那一页写着：当日地陷东南，这东南有个姑苏城，城中阊门，最是红尘中一二等富贵风流之地。这阊门外有个十里街，街内有个仁清巷……

我忍不住握住她的手："别担心，你们一家人就要去上海了，去了上海，妈妈和姑姑都会很快回来，在上海和你团聚。你知道吗？你要好好地活着，要坚强，要快乐，因为再过几年，你会是中国最著名的作家之一，会写出传世的作品，拥有无数的崇拜者。"

"你怎么知道？"小瑛扑闪着眼睛，将小手塞进我的手中，那样一种无由故的信任，"什么叫崇拜？"

"我当然知道，因为……"我看着她，很想告诉她，因为你是我的偶像，我是你的读者，所谓崇拜，就像我对你这样，千里追寻，十年渴慕，甚至不惜穿越时光来找你。然而太多的话要说，一时却不知从何说起。最尴尬的是，我从未想过要向一个八岁的小女孩倾诉衷肠。我只得从最简单的说起："崇拜呢，就是一个人很佩服另一个人，视她为偶像，喜欢她，尊重她，甚至忍不住要模仿她，希望自己成为她那样的人……"

不待我解释完，小瑛石破天惊地开口了："姐姐，我明白了，我很崇拜你，长大了，我要做你这样的人。"

她崇拜我？我哭笑不得。这么说，我才是她的偶像？我是张爱玲的偶像，而她是我的 fans？这是一笔什么账？

这时候我忽然意识到另一件事来，既然早来了十几年，那么

和八岁的张爱玲讨论爱情未免为时过早，而叮嘱她到了二十四岁那年不可以招惹叫胡兰成的那个家伙，不仅于事无补，更可能徒然增添她十几年的好奇心，反为不美。但是好容易见到她，难道就这样无功而返吗？

我眉头皱了又皱，终于想出一条计策来："小瑛，带我去见你的父亲好不好？我想和他谈谈。"

"我让何干去通报。"小瑛牵着我的手，蹦蹦跳跳地出门，到底是小孩子，再深的苦难，一转眼也就忘记了，只兴奋地推开门叫着："爸爸，爸爸，妈妈的朋友来看我们了！"

但就在这个时候，耳际忽然传来沈曹的一声轻呼："咦，错了！"

轰地一声，仿佛天崩地裂，双耳一阵翁隆，几乎失聪，眼前更是金星乱冒，无数颜色倾盆注下，胸口说不出地烦闷，张开口，亦是失声。四肢完全瘫软，不知身在何处，整个人被撕碎成千万块，比车裂凌迟更为痛苦，恨不得这一分钟就死了也罢。

我心里说：完了，再也回不去了，子俊会急死的。

怨女

伍

沈曹微笑着对我张开双臂：

“欢迎回到 21 世纪。”

世界之大，真也没有什么地方会比他的怀抱更加温暖适意了。

理智是扑翅欲飞的蛾子，在情感的茧里苦苦挣扎，然而我的心是那只茧，还是那只蛾？

不知过了多久，我慢慢恢复知觉，耳边依稀听得人唱："开辟鸿蒙，谁为情种？都只为风月情浓……"

　　莫非我已经到了离恨天外，灌愁海边？莫非这里是太虚幻境？

　　一隙阳光自云层间悄悄探出来，一点点照亮了周围的环境。我看到自己徘徊在一条花木掩映的深院小径，看看阳光，好像是正午时分，可是阳光很旧，连带丁香花的重重花瓣也是旧的，透过屋子的窗望进去，那厅里的蓝椅套配着玫瑰红的地毯，也是微旧，而小径的尽处，仍然有熟悉的饮泣声传来。

　　连哭声，都有种旧旧的感觉。

　　小瑛？我庆幸，原来我还在这个园子里，还可以再见到小瑛。这一刻，我突然想到，小瑛的名字，和神瑛侍者竟是相契的。

　　记得张爱玲说过，人生有三大遗憾：鲥鱼有刺，海棠无香，《红楼梦》未完。

　　然而人如果能够穿越时光回到从前，去他想去的地方，见他想见的人，问他想知道的事，那不是就可以得到《红楼梦》后半部的真相？

　　而如果我去到清朝向曹雪芹探得红楼真梦，再去到民国对张爱玲转述结尾，岂不是给她的最好礼物？

　　身不由己，我顺着小径走向那所永远在哭泣的屋子，我知道，那里面的女孩子，是小瑛。她在等待我的帮助。

然而伸手一推，才发现门竟是反锁，屋里的人已被惊动，微弱地呻吟："是谁？救我！"

他们竟将小瑛锁在屋子里！这一下我怒火中烧，三两下解了锁链，推门进去，急急奔至床前，询问："小瑛，你怎样？"

床上的人吃了一惊："你是谁？"

而更为吃惊的是我——床上的女孩头发凌乱，脸色苍白，依稀可以看出小瑛寂寞冷郁的影子，可是她的样子，却分明已是花季少女。

片刻之间，我竟然已经穿过了十年！

小瑛强撑身子，抬起头来，眼中流露出一丝喜悦："姐姐，是你。"

我大惊："你认得我？"

"小时候，我见过你。你是我妈妈的朋友，你又来看我了。"

我忽觉辛酸，对我来说，只是倏忽之间，而对她，中间已经过了十年，萍水聚散，她却一直铭记。只为，她一生中的温情，实在少之又少，因此才会记忆犹新的吧？

"你是那个姐姐吗？"她微弱地问我，"上次你来我家，说我让你爱怜，还说要找我爸爸谈谈，可是你走出门，就不见了。我告诉爸爸说你来过，他说我撒谎。"

"你没有撒谎，是姐姐失约了，姐姐对不起你。"我连声地说着，心里惶愧得紧，我竟然对张爱玲自称"姐姐"，岂非唐突？

可是，我的确认识她已经有十几年了。我说过，第一次看她的《倾城之恋》时，我只有十岁，也就和小瑛迁居上海的年龄差

不多吧，只是，当时的我，远比爱玲幸福得多。

我再次说："小瑛，对不起。"

"我现在不叫小瑛，叫张爱玲了。"爱玲虚弱地说，"姐姐，记得吗？你说过我让你爱怜。我记着你的话，让妈妈把我的名字改成爱玲，因为，我希望多一点人爱我，就像姐姐你这样。姐姐，你是……我的偶像。"

我的眼泪流下来，不能自抑："爱玲，是谁把你锁在这里？我能帮你什么？"

隔了十年，我问她的问题，却仍然和几分钟前一样。

但是爱玲已经闭上眼睛，不肯回答，眼角缓缓渗出两滴清泪。

我失措地望着窗外，一时无语，忽觉那景象依稀仿佛，在哪里见过的：阳台上有木的栏杆，栏杆外秋冬的淡青的天上有飞机掠过的白线，对面的门楼上挑起灰石的鹿角，底下累累两排小石菩萨……这不是 1928 年的天津，而是 1938 年的上海，张爱玲就是在这一年里离家出走，投奔姑姑张茂渊的。

但是此刻，此刻的爱玲还没有逃脱旧家庭的阴影，还在忍受父亲和继母的欺侮，而且在生着病。她脸色灰败，连说话的力气也微弱："姐姐，如果我就这样死了，你要告诉我妈妈，我很想和她生活在一起。我一直，都希望自己有个家，安稳的，有爱的，家……"

"你不会死，爱玲，我答应你，你一定不会死的。"我只觉心如刀绞，站起身说，"你放心，我这就去找你爸爸谈判。"推门之际，不禁踟蹰。上次就是在走出门的一刹经历了天惊地动的痛苦，咫尺天涯，谁知道这一步踏出去，我又会走去哪里，遭遇些什么？但是身后的爱玲在受苦，她患了很重的病，危在旦夕，如果我不救她，还有谁呢？

那一步终于还是跨出去了，义无反顾。

上苍保佑，并没有什么电闪雷鸣发生，我安静地穿过垂花门，径奔了张宅正房去。只是午后，但是这里的气氛却是黄昏，鸦片的氤氲充塞在整个屋子里，使一切都迷蒙，时间静止于阿芙蓉的魅惑，所有的是非善恶都模糊，而烟榻上吞云吐雾的张老爷子，便是最不理是非的神仙——原本神仙就是难得糊涂的。

看到我，他微微欠身，些许的惊愕，却也只是无所谓——对于他，除了鸦片烟，又有什么是有所谓的呢？

"来了客人，怎么也不见通报？"他咳两声，放下烟枪，恍惚而歉然地笑着，笑容里露出暮年的黯淡，甚至有些慈祥。打量着我的长裙窄袖，他现出了然的神情，"你这样子的打扮，是她妈妈那边的人？替她妈妈做说客来了？"

我有些喟然，到底是父女，再恨，也还有血脉的相连，他与爱玲初见我时的问话，竟是一模一样的。

"我为爱玲来，她病了。"

"我知道。"他木然地说，将烟油淋在灯上，发出焦煳的香味，"这个女儿，这个女儿，唉……"尾音长长的，是刻意做出来的一种有板有眼的感叹，似乎一言难尽，其实原就不打算把话说完的。

张老爷子的腔调里，有着这样一种老派的婉约。

我轻轻吟哦："生命是一袭华美的袍，爬满了虱子。"

他一愣，眯起眼睛："有几分意思。"

我又道："**出名要趁早呀，来得太晚的话，快乐也不那么痛快。**"

他看着我，不明所以。

我叹息："张先生，这些句子，都是你女儿写的。她幼承庭训，有极高的文学天赋。是你给了她生命和天分，难道也要由你亲手来扼杀吗？"

他深深动容，又恍惚莫名，看着我瞠目难言。良久，忽然说："她从小就喜欢写文章，还作过几首古诗，作得是很好的。许多读四书长大的少爷都作得不如她。她还想给《红楼梦》作续呢，叫做个'摩登红楼梦'，呵呵，让宝玉出国留学，让贾老爷放了外官，贾琏做了铁道局局长，芳官藕官加入了歌舞团，元春还搞了新生活时装表演……是我给分的章回，还拟了回目，记得有这么一回，叫作'萍梗天涯有情成眷属，凄凉泉路同命作鸳鸯'……现在看来，这意思竟是很不吉利的呢……"

他的声音渐渐地低下去，每说一句话就要停下好一会儿，并不看着我，只是吸烟，吐一口烟再说一句，好像自言自语。他说这话的时候，似乎是一个慈父了，可是他的慈爱，只限于记忆。他记忆中那个乖巧听话的女儿，和厢房里被囚禁并且正在病中的女儿，仿佛不是同一个人。

我只觉气氛无比怪异，面对着这样一个半死的人，不由觉得生命是如此的漫长与无妄。究竟他哪一分钟是真，哪一分钟是戏？

在屋里站得久了，渐渐看得清楚，这个屋子和小瑛的屋子一样，都清晰触目地写着物质的丰富和情感的贫乏：那摆满了百宝格的各款各料的鼻烟壶，插了各种鸟雀翎毛的古董花瓶，胡乱堆

　　放的卷轴字画不知是真迹抑或赝品，收集来的时候必是花了一点
心思的，但是现在也毫不在意地蒙尘着……

　　　榻上的人，也早已蒙尘，无论是他的年纪，还是他的心。那
个锦装缎裹的腔子里，还有人气吗？或者早已由石头代替了他的
心？

　　　他的心，已经被鸦片灯一点一点地烧尽了，烧成了灰，风一
吹就会散去。可是灰吊子，却还悬悬地荡在空中，让他有气无力

地续着这无妄的生命。

然而，为了小爱玲，我还是要对着这样一个失了心的人苦劝："你的女儿，将来会是中国文学史上举足轻重的一个人物，她至少有七十五年好活，不能不明不白地死在今天。你救了她，不仅是救了一个女儿，还救了十几部优秀的文学作品，救了无数喜欢看她文字的读者后辈……"

说到一半，我自己也觉荒唐，口角好似街边摆摊测字的张铁嘴，瞎掰过去未来。

咦，我是从未来回到过去的，所以可预知一切；而沈曹说过，时间掣最远可以前进六十年，如果我往未来走一回，然后再回来，不是可以像现在对张某预告命运种种安排一样，届时也可以对沈曹或者子俊颁布时间大神的诸般旨意了？而如果我预见将来的种种不如意，岂非可以早做打算，提前消灾弭祸于未然？果然如是，生活中又哪里再会有波澜，一切都可以按照理想来计划，来发展，来重建，来完成，生命岂非完美至毫无遗憾？

想到沈曹，刚才的那种头眩耳鸣忽然又来了。我又一次被抛在了风起云涌的浪尖上，仿佛站在悬崖边上，看时间大河滔滔流过，子在川上曰："逝者如斯夫"，大约，就是这样的心境吧？

我知道自己即将消失，抓住最后一秒钟大喝："救她——"

不知道张先生来不来得及听清，七十年岁月转瞬即逝，在时间的漩涡里，我看到小瑛迅速成长，看到她投奔姑姑张茂渊，走进爱丁顿公寓，看到她立著扬名，由她编剧的电影博得满堂彩，看到有个穿西装的男人站在她家的楼下按门铃，背影蕴藉风流，月历牌哗哗地翻过，那一天，是1944年2月4日……

"1944年2月4日。"我喃喃，窒息地抓紧胸口的衣裳，虽然那只是一个背影，然而已经足以让我感觉到危险，觉出难以言喻的肃杀之气。

是了，那是胡兰成。1944年2月4日。他第一次拜会张爱玲。我要记住这个时间。我要阻止这段姻缘。

眩晕和焦虑将我折磨得几乎再一次失去知觉，然幸好只是眨眼间，种种不适已经消失，而我重新立在了沈曹的工作室，《日本桥》巨幅摄影正在徐徐合拢，仿佛梦媒合拢她的翅膀。

"欢迎回到21世纪。"沈曹微笑，对我张开双臂。

世界之大，真也没有什么地方会比他的怀抱更加温暖适意了。

"可不可以再试一次，我想看到三十年后的你和我，各在什么地方。"

"不用问时间大神我也知道，那时候我们会在一起。"沈曹轻轻拥抱着我，关切地说，"这个时间大神还在实验中，有很多地方没有完善，反复尝试会有副作用，虽然我还不能确知是些什么，但你还是过些日子再试吧。"

"难怪刚才我那么难受，就是你说的副作用吧？"

"你刚才很难受？"沈曹十分紧张，"你详细地说给我听，慢慢说，让我做个临床记录。"

"刚才，我本来是去了1928年的，但是忽然间，天惊地动地，又到了1938年，虽然只是一下下，可是那种感觉，倒好像过了几百年似的……"

　　沈曹边听边点头，脸色越来越难看，我心中不忍，不肯再说下去。沈曹叹息："这是时间大神第一次投入使用，我把你送回 1928 年后，计算出数据有误，所以又移了几分钟，可是不能精确，仍然没能到达你所要去的年代和地点。看来所有的数据和操作步骤，我还要重新计算过。而且，我也没想到，如果将一个人在片刻间从十年前送到十年后，会对她的身体状况产生那么大的副作用。锦盒，你这会儿觉得怎样？还觉不觉得晕？"

　　其实我现在也还是有点昏沉沉的，而且胃里也隐隐作呕，就像晕机晕车晕电梯加起来那样难受。可是看到沈曹一脸的关切紧张，只得忍住一阵强过一阵的晕浪感，笑着说："早就没事了。别说穿越时光隧道了，就算乘飞机出国，还要倒一阵子时间差呢。看不出你平时张牙舞爪，遇到点小事，这么婆婆妈妈的。"

　　但是沈曹仍然不能释怀，苦恼地说："本来以为，穿越时光的，并不是你的身体，而只是一束思想。所以应该不会给身体带来什么影响的。可是现在看来，事情没有那么简单……"

　　"你是说，回到二十年代的，并不是我这个人，而只是一束电流？"我又听不懂了，"可是我分明身临其境，脚踏实地地走在张家花园里，用我的手扶起张爱玲，还替她擦眼泪，难道脑电波可以完成这些动作吗？"

　　沈曹解释："这就像看武侠电影，每个动作看上去都真切有依，可是实际上并不是真人在那里打，而只是一组影像的投映。穿越时光，也和这个异曲同工，所有的过程，只是在意念中完成。不过，也许就像是脑力劳动同时也是一种体力付出吧，即使是意

寻找
张爱玲 | 在那女

念回归，你的身体也还是受到影响……"说到这里，沈曹忽然停下来，望着我说，"锦盒，今晚，可不可以不走……"

"不可以。"不等他说完，我已经断然拒绝，"沈曹，我已经有男朋友。"

"子俊？"沈曹敏感地问，"我刚才听到你在叫这个名字。"

"是的，他叫裴子俊。"

"我不想知道这个。"他粗暴地打断我，"你男朋友的名字，应该叫沈曹！"

"沈曹……"我低下头，欲言又止。

他忽然叹了一口气，放缓语气说："对不起，我不是那个意思。我只是担心你的身体，想就近照顾你。你放心，在你男朋友回来之前，我不会烦你。就算我们要开始，我也会等到你和他说清楚，不会让你为难的。"

我看着他，他的眼光如此温暖，像一只茧，将我笼罩。

理智是扑翅欲飞的蛾子，在情感的茧里苦苦挣扎，心呢？我的心是那只茧，抑或那只蛾？

情感的潮水涌上来，淹没我，拥抱我，有种暖洋洋的慵懒，仿佛一个声音对我说：投降吧，爱他吧，这是你最喜欢的方式，是你最渴望的爱情。

可是，子俊的名字是一道铭刻，在我的生命中打下烙印。十年，人生有几个十年，纵然不如意也好，终究情真意切，岂可一天抹煞？子俊走的时候，说过要带花伞给我，他那个简单的脑袋里，只有花伞手镯这些个十年不变的小礼物，再想不到银质相框、时间大神，也不懂得欣赏莫奈的《日本桥》。但也正是他的简单，

让我不敢想象，如果告诉他短短的几天分别里，我已经变了心，他会怎样。

想到他可能受到的伤害，我的心已经先代他而疼痛了，怎么忍得下？

理智的蛾扑腾着晶莹的翅，挣扎也好，软弱也好，终于破茧而出——我避开沈曹的眼光，清楚地说："对不起，我要走了。"

我们并没有就此分开，沈曹陪我去了苏州河。

他说："很多书上把张爱玲出生的宅院麦根路说成就是现在的泰兴路313号，其实是错的，正确的地址应该是康定东路87弄。这是由于近代上海路名一再更改造成的。"

我奇怪："你又是怎么知道的？"

"我查过。"他淡淡地说，"向民政局要的资料。"

怎样查？为什么查？他一字未提。而我已深深震动。

在这个利欲熏心，做什么事都要有目的有结果的今天，有个人肯为你的一句话而做尽功课，却全不指望你回报，那是一种怎样的幸福？

我和沈曹并肩慢慢地走着，越接近心中的圣地，越反而有种从容的感觉，仿佛面对美食，宁可细细品尝而不愿一口吞下。

他很自然地牵起了我的手。手心贴着手心，算不算一种心心相印？

当年张府的高墙深院，如今已经成了一所医药中专学校的校舍。花园和围墙早已拆除，从张爱玲被囚的屋子里望出去可以看到的那一排小石菩萨也被敲掉了，然而扶着楼梯的扶手一路"咯吱吱"地走上去，楼梯的每一声呻吟却都在告诉我：这里的确是张爱玲出生的地方。

那雕花的楼栏杆是蒙尘的公主，隔着百年沧桑，依然不掩风华，执著地表明它曾经的辉煌。走遍上海，这样苍老而精致的楼梯大概也是不多见的。

厅里很暗，阴沉沉的，有种脂粉搁久了的老房子特有的暧昧气息。

阴沉沉的走廊尽头，张爱玲在远远地对我张望，仿佛带路。我甚至可以看得清她脚上软底拖鞋缎面上的绣花。

整座楼，都像是一只放大了的古旧胭脂盒子，华丽而忧伤，散发着幽暗的芬芳。

秘密被关在时间的窗里，不许春光外泄。淘气的男孩子踢足球打碎了一块玻璃，故事便从那里流出去了——

关于张爱玲的传记那么多，我最钟爱的，惟有张子静先生的《我的姐姐张爱玲》。毕竟手足情深，感同身受，点点滴滴，喁喁道来的，都是真情真事，细致入微，远不是其他后人的揣想杜撰可以相比。

在子静先生的回忆录中，关于姐姐张爱玲和继母顶撞而被毒打的整个过程，描述得非常清楚，在张爱玲自传散文《私语》中也有这样的描述："在这一刹那间，一切都变得非常明晰，下着百叶窗的暗沉沉的餐室，饭已经开上桌子，没有金鱼的金鱼缸，白瓷缸上细细描出橙红的鱼藻。我父亲趿着拖鞋，啪哒啪哒冲下楼来……"

父亲听了继母的挑唆，把爱玲关在小屋里不许出门，也不许探望自己的亲生母亲，足足有大半年时间。爱玲积郁成疾，得了

严重的痢疾，差点死掉。后来有一天，张父忽然良心发现，亲自带了针剂来到小屋给爱玲注射，终于救回她一条命……

旧时代的女子，即使尊贵清高如张爱玲吧，亦身如飘萍，生命中充满了危险与磨折，时时面临断裂的恐惧。谁知道生命的下一个路口，有些什么样的际遇在等待自己呢？

那一年的冬天，张爱玲离家出走，投奔了姑姑和母亲。从苏

州河往静安寺，是逃出生天；然而从静安寺往美丽园，却是一条死巷。

胡兰成，一个爱情的浪子，一个政治的掮客，一个天才的学者，字好，画好，诗好，口才便给，头脑敏捷。最难得的，还是他善解人意，尤其是张爱玲的意，他对爱玲文字的激赏与解说是独具一格的——那样的男子，是那样的女子的毒药，无论他的人品有多么不堪，她也是看不见的。

不是不知道他劣迹斑斑，然而女人总是以为坏男人会因她而改变。越是在别的方面上聪明的女子于此越痴。

记得见过一篇胡氏的随笔，写的是《桃花》，开篇第一句便是："桃花难画，因要画得它静。"即使带着那样深的成见，我也不能不为他赞叹。胡某是懂画的人，却不是惜花的人，于是，他一生桃花，难描难画。

张爱玲，是胡兰成的第几枝桃花？

校工在一旁等得不耐烦，晃着一大串钥匙催促："先生小姐，你们进来很久了，到底是找人还是有事？学生都走光了，我要锁门了。"

我点点头，茫然地转身，看到沈曹在身后沉默的陪伴，那了然的眼神令我忽然很想痛哭一场。

也是这样的风流倜傥，青年才俊，也是这般地体贴入微，博才多艺——多么像一场历史的重演！这一刻，我甚至希望，他不要这样地懂我，这样深地走进我的心里去，这样子做每一件事说每一句话都可以深深地打动我。

如果有个人，他总能够很轻易地了解你，甚至比你自己更知

道该为你做些什么，你会怎么样？

　　我们仍然牵着手，缓缓地下楼，每一个转弯都如履薄冰。张爱玲的死巷，是胡兰成。我呢？

红玫瑰与白玫瑰

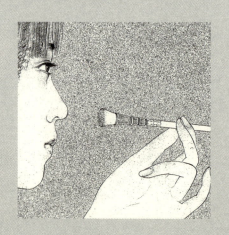

每个女人的心里，都是有
着至少两个男人的吧？
一个是她的知心，一个是
她的知音。
嫁给了知心，心就是空的，
会觉得永远没有回声；嫁
给了知音，又变得失声，
永远活在不能把握之中。
爱与理想，只要选择，便
注定是错的。

这个晚上注定是不眠的。一方面终于达成了约会张爱玲的梦想，令我始终有种不敢相信的忐忑和惊疑；另一面，《日本桥》的绿色沁人肺腑，想得久了，便有种晕船的感觉。也许，是穿越时空的副作用未消？

　　我裹着睡袍缩在床角坐了很久，猛一抬头，看进镜子里，却见自己抱臂缩肩的整个姿势，典丽含蓄，似曾相识——那不是张爱玲相簿里的定格？

　　这一刻的我，与她像到极处，仿佛附身。

　　张爱玲爱上胡兰成，一遍遍地问："你的人是真的么？你和我这样在一起是真的么？"

　　同样的话，我也好想问沈曹。

　　忽然有电话铃声突兀地响起，是惊魂，亦是唤人还魂。

　　是子俊，他说现在已经在火车上，明天早晨抵沪，然后说了声"明天见"就匆匆挂了。

　　我的心一下子就乱了，本来就纠缠如麻的心事，现在更是千丝万缕扯不清。明天，明天子俊就回来了，我要告诉他沈曹的事吗？可是我和沈曹，到底有什么事呢？他说过他希望回到十年前，改写我的爱情，他毫不掩饰地表达过他对我的兴趣和欣赏，可是我们之间没有任何承诺，甚至没有过清楚的爱的表白。让我对子俊说些什么呢？说我爱上了别人，决定与他分手？十年交往，是这样轻轻一句话便可以揭过的么？

张爱玲说每个男子都有过至少两个女人，红玫瑰和白玫瑰。娶了红玫瑰，久而久之，红的变了墙上的一抹蚊子血，白的还是"床前明月光"；娶了白玫瑰，白的便是衣服上沾的一粒饭黏子，红的却是心口上一颗朱砂痣。

女人，何尝不如此？

每个女人的心里，也同样是有着两个男人的吧？一个是她的知心，一个是她的知音。嫁给了知心，心就是空的，会觉得永远没有回声；嫁给了知音，又变得失声，永远活在不能把握之中。

得到多少，失去多少。爱与理想，只要选择，便注定是错的。

所谓错爱，无非是爱情的过错与错过。

天一点点地亮了。

我像往常一样，拎了菜篮子奔市场里买鱼，好煮姜丝鱼片粥等待子俊到来——他说过每次远途归来，总是没有胃口，最渴望的就是一碗我亲手煮的鱼片粥。

如果不是沈曹，也许我会这样心甘情愿地等在屋子里，为子俊煮一辈子的鱼片粥吧？

然而现在我更渴望的，却是和沈曹共进一杯龙井茶。

茶性易染。听说在茶庄工作的人，是不许吃鱼的，更不能让手上沾一点鱼腥。

拎着鱼篮走在嘈杂的菜场中，我忽然觉得自己是这样的糟糕——我怎能心里想着一个人，却在为另一个人买鱼煮粥呢？

鱼片在锅里渐渐翻滚起来，如同我七上八下的心。

子俊进门的时候，粥刚刚好。他夸张地把自己一下子抛到床上去，喊着："累死了，累死了，香死了，香死了。"

奇怪。见到他之前，我挣扎烦恼了那么久，可是见了面，却丝毫没有尴尬的感觉，一下子就恢复到旧模式中，好像从没分开过似的。十年的交往下来，有时根本分不清我们之间犹如咖啡与奶的情愫，究竟是爱还是习惯。

我把粥端到床前茶几上，笑他："语无伦次的，什么死啦？"

"我累死了。粥香死了。"子俊端起碗，呼噜呼噜地喝起来。

我满足地看着他，心中漾起本能的幸福感。有时候，幸福也是一种本能反应。

一切都是模式化的。他放下粥碗，开始整理行囊，一样样地往外拿礼物，同时汇报着大同小异的途中见闻，并随口讲些新搜集的搞笑段子："有个蜜月旅行团，分配房间的时候才发现，有一男一女是单身，男的失业，女的失恋，想出来散散心，贪图蜜月团优惠多，就合伙报了名。可是现在怎么办呢？团员的房间是预订好的，多一间也没有了，虽然这两个男女不是夫妻，可是也只能合住了。"

"但是报名前旅行团不要检查结婚证件的么？"

"别打岔。且说这一男一女住进同一个房间，房间里只有一张床……"

"你们开旅行社的通常订的不是标准间吗？应该有两张床才对。"

"才不是呢。这是蜜月旅行团，所以订的都是夫妻间、大床房，只有一张床。于是这一男一女就说，我们猜拳定输赢吧，赢的人睡床，输的人睡地毯……"

"那这男的也太没风度了。"我评价，"他应该主动要求睡地毯才对。"

"好好听故事。"子俊佯怒，再次申明纪律，接着努力作绘声绘色状滔滔地讲下去，"两个人猜拳，结果是女人赢了。于是她便睡床。可是到了半夜，男的实在冷得受不了，就央求这女的，让我上床吧，我实在太冷了，我保证规规矩矩的。这女的说，那可不行，我和你睡一间房已经很委屈了，再睡在一张床上，那不是跳进黄河洗不清吗？可这男的一直求一直求，女的心软，便答应了，拿了一只枕头放在两人中间说，这是界河，你不能越过来。这男人答应了，爬上床老老实实睡在枕头另一边，一夜无事。第二天，他们一团人出去观光，忽然一阵风来，女人的纱巾被吹走了，挂在一棵大树上。女人很是惋惜，直说呀我的纱巾，这纱巾对我很有意义的。这男人不由分说，嗖嗖爬上树替这女人把纱巾取了下来，并且温柔地替她围在了脖子上，没想到女人忽然变色，啪地打了这男人一记耳光，并且骂了一句话……"

我配合地笑着，赞着，却觉得自己的灵魂分成了两半，一半留在屋子里煨着鱼片粥，另一半，却飞在空中寻找日本桥……直到子俊将我唤醒："你猜猜看，这女的说了一句什么话？"

"什么？"我定一定神，随口猜，"是嫌这男人动手动脚，不规矩吧？"

"不对。"

"那么，是这男人取纱巾时不小心刮破了？"

"也不对。"

"那……我猜不着了。"

"我就知道你猜不着。这女的说啊：这么高的树你都爬得上去，昨晚那么矮的枕头你翻不过来？"子俊得意地报出答案，自己先哈哈大笑起来。

我也只得咧开嘴角做个我在笑的表情。

子俊这才注意到我的不对劲："喂喂，你是起得太早了没睡好还是有心事？"

我振作一下，忍不住问："你说，这世界上会不会有一个人，他是照着你的理想打造出来的。因为理想中的人总是由一个一个细节，一个一个特征组合的，而不是一个完整的具体的形象。所以这个人也就是一部分一部分的，一段一段的细节，无法把他具象，量化，落实。"

子俊莫名其妙："你在说什么？你是看到一个人的鼻子了还是眼睛了？还一部分一部分的。"

"我当然不是这个意思。"我苦恼于无法表达清楚自己的意思，也许这个问题根本不该同子俊讨论，可是不问他，又同谁讲呢？而且多年来，我已经养成了一个习惯，就是不论有什么心事，都会对子俊讲出来。有时，根本不是为了向他要答案，而只是在倾诉中让自己理清头绪。

"那什么意思呀？一段一段的，上半段还是下半段？"子俊坏坏地笑起来，"要是上半段还比较正常，有头有脸有美感，要光剩个下半段，两条腿顶截腰自个儿走过来，还不得把人吓死？不过如果是个女人呢，当然还是下半段实用些。"

我哭笑不得："算了，不同你说了，根本鸡同鸭讲。"

"好了好了，我现在洗耳恭听，你慢慢说，到底你是什么意思？怎么叫一个照着理想打造的人？"

"如果有一个人，我是说如果，他就和你想象中的一模一样，你喜欢什么，他也喜欢什么，他做的一切，都是你最渴望的，你刚想到一件事，他已经替你做好了，甚至比你想象的还要好。他就像上帝照着你的理想打造出来的一份礼物。可是理想毕竟是一种虚幻的东西呀，就像电影一样，是艺术作品，是把真实的生活割裂开来，用一个个细节来表现的，不是完整的。所以你能接触到的这个人，也只是由一个个的细节组合起来的，你只能看到他最完美的这一面，却无法把握他的整体，也无法想象一个完整的他，是否可以让人真正拥有。"

和往常一样，在诉说中，我已经慢慢地自己得出了结论："没有人可以真正拥有理想，只为，当理想成为现实的时候，也就不再是理想了。理想从来都不是一件具体的事物，而只是一个概念，一种意象，如果能在某个瞬间拥有理想，已经是最理想的了。"

"我还是听不懂。"子俊放弃了，十分苦恼地看着我，"阿锦，我真的很认真很认真地在听了，可是你到底要说什么？东一个理想西一个现实的，你到底是说你有个理想呢，还是说你幻想了一个什么人？"

我也看着他，既无奈又歉疚，让子俊去思考这样的问题，实在是太难为他了。就像我从不觉得他的笑话有什么好笑一样，他也从不理解我的思索有什么意义。

于是，我笑着揉乱他的头发："别想了，我随便说说的。"

再见沈曹，无端地就觉得几分凄苦。想见，又怕见；终于见了，

千言万语，却不知从何开口。眼角时时带着他的举手投足，却偏偏不敢四目交投。和子俊谈了十年的恋爱，如今才知道，爱的滋味是如此酸楚。

他是来与老板商谈合作细节的，只在办公室停留了数分钟便匆匆离开了，可是屋子里仿佛到处都是他的身影和气息，让我久久不能回神。

《张爱玲相册》摊开在扫描仪上，黑白图片从书页里转移至电脑屏幕，我挑出八岁和十八岁的两张，按照记忆仔细地上色，还原袖边镶滚的花纹图案，一边想起那袖子褪下去后，露出的伶仃瘦腕。

下次再见张爱玲，又将误打误撞到哪一年哪一月呢？下次再见沈曹，他的研究可已取得进展，容我再次试用？

于我而言，沈曹与张爱玲已不可分，与我的理想意念已不可分。对他的感情，不仅仅是爱恋那样简单，更是一份对理想的追求。

然而当他打来电话的时候，我还是违心地说："这段时间，我很忙，大概没机会见面了。"

午餐时，老板满面春风地叫我一起下楼，席间免不了提起沈曹。阿陈眼神闪烁地暗示我，沈曹一早有同居女友，是个小有名气的摄影模特儿，上过多家杂志封面的，两个人由工作拍档发展到床上对手，已经好几年了。

我不知阿陈的话有几分真，理智上告诉自己，摄影师和模特儿，天经地义的一种恋爱关系，多半是逢场作戏吧，沈曹条件这样优秀，足迹飞掠大半个地球，风流些也是难免的，总不能让他青春岁月闲置十数年来等我出现。我还不是早有子俊在先？

而且，有婚姻生活的上海男子难免沾带些厨房气，要么酒足饭饱舒适慵懒如老板，要么含酸带怨局促委琐如阿陈，断不会如沈曹这般潇洒。

然而心里却仍然不能不在意，沉甸甸仿佛装了铅。

又不能去问沈曹。

交往到这个阶段是最尴尬的，初相识时打情骂俏卖弄聪明，说什么都是情趣。一旦双方动了真情，反而僵持起来，说话举动都像做戏，客套得欲假还真。话来话去，总是说不到重点，直接打问人家三十年过往经历，未免交浅言深，恃熟而娇。不问，却终是挂心。

胡兰成回忆录《今生今世》里说张爱玲自与他交往："忽然很烦恼，而且凄凉。女子一爱了人，是会有这种委屈的。她送来一张字条，叫我不要再去看她，但我不觉得世上会有什么事冲犯，

当日仍又去看她，而她见了我亦仍又欢喜。以后索性变得天天都去看她了。"

这样的委屈，我竟然也是一样的。莫非，是想天天见到沈曹？

胡兰成那个人，实在太懂得女人的心，怎怨得张爱玲不为他烦恼，为他倾心，为他委屈，甚至送他一张照片，在后面写着："见了他，她变得很低很低，低到尘埃里，但她心里是欢喜的，从尘埃里开出花来。"

写出这样文字的女子，是尤物；辜负这样女子的男人，是该杀！

然而胡兰成又说："我已有妻室，她并不在意。再或我有许多女友，乃至挟妓游玩，她亦不会吃醋。她倒是愿意世上的女子都欢喜我。"

我惊心于张爱玲的大方，抑或是一种无奈？然而那样的潇洒，我却是不能够，我要的，是一生一世一双人的爱，不能搀一点儿假。

阿陈忽然停下咀嚼，盯着我看。我被盯得莫名其妙，只好也瞪着他。阿陈大惊小怪地说："锦，你真是太贪吃了，吃西餐呢，一定要斯文优雅，你看你，汤汁淋漓的，这蛋汁洒得到处都是，真是太失礼了。要是带你出去吃大餐也是这样，可怎么见人呢？"

老板受到提醒，也好奇地抬起头来，看看盘子又看看我，笑嘻嘻好像很有兴趣的样子。我哭笑不得，捧着一份三明治夹蛋不知吞下去好还是放下来好。在两个大男人挑剔的注视下吃东西，真怕自己会得胃结石。

然而这还不够，阿陈还要回过头对着老板更加亲昵地嗔怪："您看阿锦，年纪轻轻的也不知道打扮自己，天天一件白衬衫，少有女孩子这样不懂得穿衣裳的。"

我叹息，踩吧，踩死我吧，下一步他大概要批评我的口红颜色了。可是如果让我顺应他的品味去搽那种熏死人的香水，我宁可停止呼吸。

这顿便餐吃得辛苦之至。

回到办公室，我冲一大杯咖啡狂灌下去，狠狠吐出一口气，才觉呼吸顺畅。

正想再冲第二杯，猛地看到一个熟悉的身影，差点没让我把刚喝下的咖啡喷出来——沈曹来了！

怎么也没想到沈曹会不避嫌疑地——不，岂止是"不避嫌疑"，根本是"大张旗鼓""明目张胆""招摇过市""惟恐天下不乱"——闯到办公室里来约我。

他甚至不是在约我，而是直接下命令。他找的人，是阿陈："我可不可以替顾小姐请半天假？"

阿陈吓一跳，赶紧堆出一脸谄笑来说："可以，可以。当然，当然。"那样子，就好像舞女大班，而我是他手下随时候命出台的红牌阿姑。

我总不成在公司里同沈曹耍花枪，而且也不愿再看到阿陈在言不由衷地恭维我的同时害牙疼一样地咧着嘴嗞嗞着，仿佛很为沈曹居然会看上我这件事感到诧异和头疼。是有这种人，巴不得将别人踩在脚底下，看不得手下有一星半点得意，看到别人中奖，就好像自己腰包被抢了一样。最好别人天天大雨倾盆，只他一人走在阳光大道。

拎了手袋出来，心里又是懊恼又是惊奇，藏着隐隐的欢喜与

心痛。

一进电梯沈曹立刻道歉："对不起，我没有别的办法约你。"

我张了张口，却一句话也说不出来，见到他，才知道我盼望见面，盼得有多辛苦。但是，这样霸道的邀请，我总该有点生气吧，不然也显得太不矜持了。

然而还没来得及打好腹稿兴师问罪，沈曹已经转移话题，他心仪地看着我，由衷赞赏："自从所谓的'波西米亚'风格流行，已经很少见女孩子懂得欣赏简单的白衬衫了。记得十年前，我在美院窗口第一次看见你的时候，你也是穿着一件白衬衣。当时我就对自己说，'这是一个仙子'。"

我差点泪盈于睫。

赞美的话谁不愿意听呢？尤其是从一个自己喜欢的人口里说出。

我知道有许多女人的衣橱宛如日照的花园般五彩缤纷，但我打开衣柜，终年只见几件白衬衫，乍一看仿佛永远不知道更衣似的，只有极细心的人才懂得欣赏每件白衣的风格各自不同。

我立刻就原谅了他的擅作主张，连同午餐时被阿陈抢白的不快也一并忘了。

被不相干的人损上十句百句有什么关系，只要得到知己一句诚心诚意的肯定已经足够。

车子一直开到 Always Cafe，还是靠窗的座位，还是两杯咖啡。

不同的是，沈曹替我自备了奶油。

他还记得，上次我在这里对他说过张爱玲每次点咖啡总是要一份奶油，并且抱怨现在的咖啡店用牛奶取代奶油滥竽充数。他记得。

我的心一阵疼痛，第一次发现，咖啡的滋味，真是苦甜难辨的。

上次在这里喝咖啡，到今天也没有多久吧，可是中间仿佛已经过了许多年。

一日三秋，原来说的不仅仅是思念，也还有犹豫挣扎。

沈曹开门见山："听说你男朋友回来了？"

听说。听谁说？阿陈吗？真不懂他们为什么这么喜欢在我和沈曹之间传播消息。我无端地就有些恼，点点头不说话，从手袋里取出一串姻缘珠来，翻来覆去地摆弄，当做一种掩饰也好，暗示也好，总不成这样干坐着不说话吧？

这两只珠子是子俊带给我的礼物，说是如果谁能把小木柄上的两个珠珠对穿，就是三生石畔的有缘人。但是我扭了一个晚上，左右穿不过去。问他个中窍门，他笑而不答，只说给我七天时间试验，做到了有奖。

我问他："为什么是七天？"

他说："上帝用七天创造世界，人类用七天寻找姻缘。"

"这么深奥？"我有些意外，但接着反应过来，"是卖姻缘珠的这么说的吧？是广告语？"

子俊不好意思地笑了："又被你猜着了。你等着，早晚有天我也说两句特深奥的话，让你佩服一下。"

正想着子俊的话，沈曹忽然从我手中接过姻缘珠，问："就这个小玩意儿，要不要鼓捣这么久？"三两下手势，两个小珠儿已经乾坤大挪移，恰恰对调了位置。

我惊骇："你怎么会做得这么简单？你是怎么做到的？是不是以前玩过？"

"这游戏我早就听说过了。不过没这么无聊，当真来试过。可是看你玩得那么辛苦，就忍不住出手，解了你的心结。"沈曹看着我，话中有话。他分明知道关于姻缘珠的传说。

我终于问出口："那个女模特……是怎么回事？"

"分手了。"他答得痛快。

"那么是真的有过了？"

"我不知道你指哪个女模特，我有过很多女朋友，中国外国的都有。不过现在已经一个都没有了。现在我是清白的单身贵族，专心致志追求你一个。"他答得相当干脆坦白，更加反衬出我的不大方。

　　接着，他反守为攻，望着我眩惑地笑："你呢？什么时候和那个裴子俊摊牌，投向我的怀抱？"

　　我顿觉后悔——为什么要问呢？我自己都不能给他答案，却偏又要向他要答案。多么不公平！我明明已经有了子俊，却要为沈曹吃醋，我有什么资格？

　　我低下头，无言以对。

　　他忽然叹了一口气，说："范柳原曾经说过，白流苏最擅长的事情是低头。原来你也是一样的。摧毁了一个香港才成全了倾城之恋，如果我想和你有个结果，难道也要整个上海做陪嫁？"

　　我震撼。沈曹沈曹，他每一句话，总能如此轻易而深刻地打动我的心，宛如我生命中的魔咒，魅力不可挡。

　　眼泪滴落在咖啡杯里，如风吹皱一池春水，动荡如我的心。

　　他再次叹息，站起来说："走吧，我带你去个地方。"

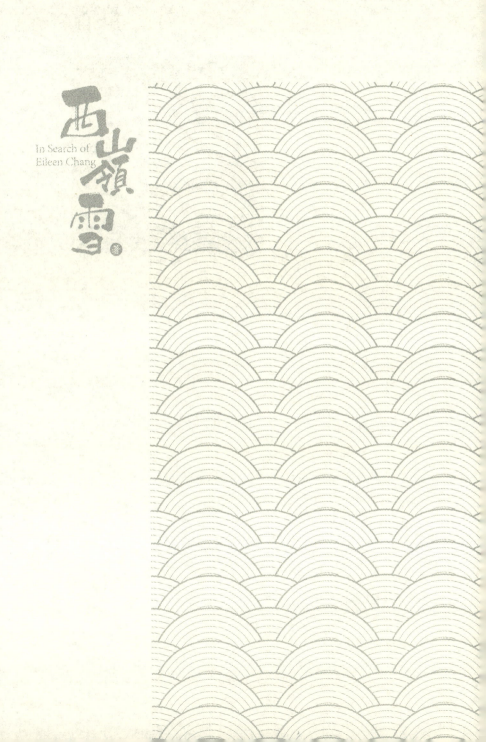

西嶺雪

In Search of
Eileen Chang

著

第二炉香

柒

彼时的张爱玲正值盛名，

事业与荣誉如烈火烹油，

鲜花着锦，一个得到上帝

眷顾的女子。

只是，不知道盛名与鲜花，

是否已经抚平了她童年的

伤痕？

而那鲜花掩映的道路尽头，

究竟通向幸福抑或灾难？

正犹豫着如何对她预言命

中的劫数，却有佣人来报：

"胡兰成求见。"

我们第二次来到常德公寓。

　　但是那个房间已经完全变了样，不，也许应该说，复了样——典丽的沙发，怀旧的陈设，照片里丰容盛鬌的太太是她的母亲，桌上压着朵云轩的纸，床角散着一双龙凤软底绣鞋，甚至连奶酪红茶和甜咸西点也都摆在茶几上了。

　　这才是那个曾使胡兰成觉得"兵气纵横""现代的新鲜明亮几乎是带刺激性""华贵到使我不安"的房间。

　　最大的不同，是墙壁的正中，悬着那面时间大神。

　　我心里一动，惊喜地看着沈曹："你的实验有进展了？"

　　"冰雪聪明！"沈曹赞许我，"为了让你的这次访问更加精确，我决定来个实地试验。按照磁场学，这里曾经记录了张爱玲青春时代的生活与情感，在这里进行实验，相当于故地重游，磁场一定很强，效果必然会事半功倍。"

　　"聪明？从小到大，妈妈常常笑我傻。就像现在，沈曹，我这样子'按图索骥'，会不会很傻？"

　　"不比'因噎废食'更傻。"沈曹凝视我，可是眼中带着笑，削弱了一半的诚意。他说，"如果你因为自己谈了十年的恋爱就当成拒绝我的理由，那你真是太傻了。"

我看着他，欲言又止。我与子俊的感情，不是一朝一夕的事，又怎能三言两语说清？

　　好在沈曹并不纠缠在这个话题上，他的表情变得严肃，掀动时间掣，郑重宣布："我们开始。这次，我保证你会准确地回到1944年2月4日，胡兰成初访张爱玲的日子。这次你穿越的只是时间，但空间却是统一的，这样可以把身体不适的副作用降到最低。其余的，就要你随机应变，看看到底能不能阻止他们的见面了。"

　　什么？我今天就要见到二十四岁的张爱玲，并且和她平起平坐地讨论爱情，并设法扭转她一生的命运了吗？我忽然觉得，自己还没有准备好。所谓"近乡情怯"，却原来对人也是一样。

　　没有想到爱玲会在等我。

　　她已经是位风华正茂的名女子，穿收腰的小鸡领半袖滚边民初小凤仙式改良夹袄，却配洒花的西洋宽幅裙子，奇装异服，双瞳炯炯。头发烫过了，一双眉毛描得又弯又细，妆容精致大方。一个人要成名之先，光彩是写在脸上的，她那种神情，是要飞的凤凰，一个得到上帝眷顾的女子。

　　房子的布置也远比她原来的那个家要洋派崭新得多，且桌上摆满了鲜花，大概是仰慕者送的吧？

　　只是，不知道盛名与鲜花，是否已经抚平了她童年的伤痕？而那鲜花掩映的道路尽头，究竟通向幸福抑或灾难？

　　见到我，她露出欣喜的笑："姐姐，你果然来了。"

　　"你知道我要来？"我有些惊讶，"你在等我？"

"是呀，我特地打扮成这样，就是为了招待贵客。"她言笑晏晏，落落大方，随便一转身，礼服的裙摆便随之轻轻荡漾。她说："我们约好的，你说过今年的今天会再来看我。"

约好的？什么时候约的？又是在什么情况下约的？我微微错愕，想起那个站在她家门前按门铃的男子背影，难道，在时间的长河里，我回来找爱玲的次数，比我自己知道的还要多？又或者，是在今后的实验里，我去到了比今天更早的时间，约下了今天的相见，所以很多事情便颠倒来做了？可是，如果这样说来，今天的一切对于现实生活里的我，都应该是昨天发生的故事，为什么我的记忆中又没有这一段呢？

沈曹说过去和将来都是相对的，宇宙并行着不同的平面，那么，同爱玲订下今日之约的莫非是另一个平面里的另一个我？而我代替那个我来赴约？

我站在当地胡七胡八地想着，一时不辨今夕何昔，身在何地。

那么久那么久，我时时处处惦念着"怎么才能见张爱玲一面呢"？如今终于见到了她，竟是无语。

"姐姐，你怎么了？"张爱玲凝视着我，带着一抹研判的神情，"你好像很恍惚。"

我有些不安，同时注意到沙发的暗花与沈曹的布置其实不同。"怎么这样看着我？"

"我觉得，你好像不是我们这个世界里的人，有种……怎么说呢，说你不食人间烟火，可是又很亲切；但是你忽隐忽现，神龙见首不见尾，很没有真实感。"她蹙眉，又有新发现，"我见你几次，每次都间隔好多年，可是，为什么你好像没什么变化。

你驻颜有术，青春不老？还是，你根本是神仙？"

　　我笑了："好啊，那你叫我神仙姐姐好了，就像段誉叫王语嫣。"

　　"谁？"

　　"啊，你不知道的，小说里的人物。"我惟恐她再问下去，赶紧反客为主，"姑姑不在家？"

　　"她去电台兼职，念新闻和社论。"

　　"对了，我记得她说过，她每天说很多有意义的话，可是一毛钱也得不到；但是去电台里说半个钟头没意义的话，却有好几万的薪水可拿。"

　　"是呀，姑姑是这么说过。你怎么知道？"

　　"在你的《姑姑语录》里读到的呀。"

　　"姐姐也看我的文章？"她皱眉，"可是我有写过《姑姑语录》这么一篇文章吗？"

　　呀，现在是 1944 年 2 月 4 日，《姑姑语录》是张爱玲哪一年的作品呢？这个我可是真的记不清。我只得含糊地说："那大概就是听你说的。你说过要写一篇《姑姑语录》的。你的文章，我每篇都看过，看了很多遍。你不知道我有多喜欢你的小说，喜欢到痴狂。"

　　喜欢到痴狂。喜欢到背井离乡地来上海。喜欢到穿越时空来寻她。喜欢到即使现在面对面地坐在一起了，仍不能相信这一切是真实的。

　　不过，也许这一幕本来也不是真实的，而只是我的一个美梦。

　　"有很多人说喜欢我的东西，但是姐姐你也这样说，我很开心。"她眨眨眼，带一点喜滋滋。

　　"崇拜你的人，比你自己想象的还要多。因为你对读者的影响，不仅在今世，要深远半个多世纪，甚至更远。"我看到桌子上堆积如小山的信件，"这些，都是崇拜者的信吧？"

　　"是呀，都来不及看。"爱玲又现出那种若有所思的神情，"姐姐，为什么你说每句话，都像预言似的。好像，你知道很多事，都是我们不知道的。如果你不是神仙，那么你就是天才、智者。"

　　我一愣，忽然想，或者所有的智者都是穿越时光的人吧？是因为预知预觉，所以才思维深广。再平凡的未来人，比起不平凡的旧时人，也还是高明的，因为，他已经"知道"。

　　佣人走来换茶，果然是奶酪红茶。

　　我不禁微笑，但接着听到禀报："有位胡兰成先生求见。"

　　"胡兰成？"爱玲有些欢喜，"我听说过这个人呢。"

　　我大急，脱口说："推掉他。"

　　"为什么？"爱玲微微惊讶，但立刻了然地说，"也是，我好不容易才见姐姐一次，不要让人打扰。"她回头吩咐，"跟客人说，我不在家。"

　　我松了一口气，但是很快又紧张起来。如果胡兰成不放弃呢？如果他再来第二次第三次，我难道能每次都守在这里阻挡他？

　　佣人下去片刻，执了一张纸片上来，说："胡先生已经走了，他让我给您这个。"

　　我偷眼看上面的字迹，秀逸清隽，才情溢然纸上。古人说"字画同源"，从胡兰成随手写下的这几行字里，我清楚地看到了画意，不禁百感交集。这的确是个不世出的才子，我有点遗憾没有见到他的真面目。历史的风云和政治的沧桑给这人涂抹了一层神秘的

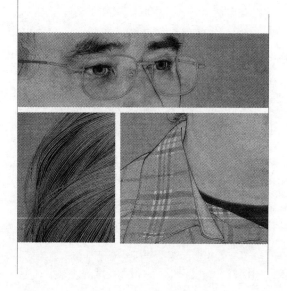

色彩，让我反而好奇：到底是一个怎样的男子，会令张爱玲这样秀外慧中的奇女子倾心爱恋呢？

虽然，在时光隧道的旋转回廊里，我曾见过他一个背影，但那不能算是认识吧？他站在她的门外按门铃，求她拨冗一见。而我，及时阻止了这一次会晤，并期望就此阻止以后所有的见面，最好，他和她，从来就不相识。

但是，爱玲反复看着那张字条，颇有些嗒然的意味。分明在为这次错过觉得惋惜。

我的心一点点沉下去，他们甚至还没有见面呢，可我分明已经感到，有什么事情已经在他们之间悄悄地发生了。

"爱玲，我可不可以请求你一件事？"我望着她，迫切地请求，"可不可以答应我，不要见这个人？"

"我不是已经把他推了吗？"

"我不是说今天，是说以后。以后，也永远不要见这个人。"

"永远？你说得这样严重。"爱玲有些不安，"为什么会提这么奇怪的要求？你认识胡兰成吗？"

我认识吗？这可怎么回答？我只有顾左右而言他："他是一个有害的人，对于你而言，他意味着灾难。你最好离他远远的，越远越好，最好连名字都不要提起……"

翻来覆去的口吻，连我自己都觉得像巫师念咒，可是我不知道该怎么表白，想了想，干脆直奔主题，"他替日本人做事，替汪精卫的伪政府做事，他是一个……文化汉奸。"

"可是他前不久还因为写文章断言日本必败南京政府必败，而被汪精卫关进牢里呢。"爱玲不以为然地反驳，"他是苏青的朋友。那次，我还和苏青一起去过周佛海家，想有什么法子可以救他。"

我又一次愣住，再度感慨自己历史知识的贫乏。说实话，我只是一个张爱玲小说的痴迷读者，对于胡兰成的故事却所知甚浅，对上海孤岛时期的历史，也只有浮光掠影的了解。我同样说不清胡兰成究竟是哪一年入狱，哪一年出任汪政府的宣传部次长，又具体地做过哪些伤天害理出卖国家民族的事，对于胡兰成的正面报道甚少，所有的传记故事里也都只是蜻蜓点水地提一句"文化汉奸"，历史的真相呢？真相是什么，我并不知道。我所知晓的，只是他和张爱玲的这一段。以如此贫乏的了解，我对张爱玲的说服力实在是太力不从心了。

而且，二十四岁。再聪明的女子，在二十四岁的恋爱年龄里，也是愚蠢的。我也曾经二十四岁，清楚地了解那种叛逆的热情，对于自己未知事物的狂热的好奇，对于一个有神秘色彩的"坏男人"的身不由己的诱惑与向往。

关注一个人，先注意他的长处，但是真正爱上一个人，却往往是从爱上他的缺点开始的。

对于一个聪明而敏感的二十四岁少女而言，一个坏男人的"劣迹"往往是比英雄人物更加让她着迷的。

命运的危机，已经隐隐在现，仿佛蛇的信子，"咝咝"地逼近。

我有种绝望的苍凉感。

"爱玲，"我困难地开口，"你写了《倾城之恋》，写了《沉香屑——第一炉香》，但是，你试过恋爱吗？"

"恋爱？"爱玲俏皮地笑，"我们对于生活的理解往往是第二轮的，总是先看到海的图画，后看到海；先看到爱情小说，后知道爱情。"

我有些失落："通常，你便是这样答记者问的吧？"

她太聪明，太敏捷了，二十四岁的张爱玲，已经机智活跃远远超过我之所能，可是因为她还年轻，还没来得及真正体味爱情的得失与政治的易变，还在享受荣誉与赞美的包围，所以尚不能静下心来沉着地回答问题，不能正视自己的心。

一个人的智慧超过了年龄，就好像灵魂超越身体一样不能负荷，于人于己都是危险的。

我可以和十八岁的张瑛无话不谈，却与二十四岁的张爱玲间有着难以逾越的隔阂。

而这种不和谐，张爱玲分明也是感觉到了的，她显得不安，

于是体贴地站起身走到阳台上招呼说："姐姐，你来看，哈同花园又在举行派对舞会呢。"

我点点头，也站起来走向阳台，一步踏出，忽然觉得晕眩，眼前金星乱冒，仿佛电梯失控的感觉，又仿佛楼下的万家灯火都飞起来一起缠住了我。

幸好只是一刹那，当眼前再度清明，我看到自己已经稳稳地站在阳台上，望下去，万家灯火都已复位，远处的霓虹招牌在滚动变换，画面是一张刘若英的海报。我更加恍惚。她是曾在电视剧《她从海上来》里出演过张爱玲的，难道就因为这样，把她也送回来了？

"锦盒！锦盒！"是谁在呼唤我的名字？

阳台门再次推开，从房间里走出的竟是沈曹，他紧张地招呼："锦盒，你觉得怎样？"

我怔忡地看着他，渐渐清醒过来，原来实验已经结束，可是，实验开始前我明明站在屋子中央的，怎么现在竟跑到阳台上来了？

楼下的巷道里不知从哪个角落依稀传来胡琴声，越发使一切显得如真如幻。

沈曹十分困惑："锦盒，这回又出了新问题。试验做到一半，你忽然站起来往外走，就像梦游一样，开门走了出来。我又害怕又担心，又不敢大声喊你，怕有什么后果。只得忙忙把时间掣扳回来，再出来找你。你感觉怎么样？"

"我……"我仍然沉在与张爱玲的谈话中不能还魂，"沈曹，如果你不扳动时间掣，我是不是就会一直留在那个时代？是不是就跟着那个时代的时间来生活了？那么我今天离开张家，明天还可以继续上门拜访，我可以一直和张爱玲交朋友，陪着她，看着她，不让她和胡兰成来往。"

"我不知道。不过如果是那样，你在这个时空的肉体，岂非就成了植物人？"

"植物人？会不会植物人的思想，就像我刚才一样，是走进了另一个时空，不愿意回来，或者是因为什么原因不能够回来，所以才变成植物人的呢？"

"这个……大概要属于医学范畴的问题了。植物人及梦游，在医学上还都是个未知数。人类大脑对于人类而言，还是个陌生的领域。"

我喟叹："人类多么无奈，拿自己都没有办法，都无所了解，还奢谈什么改造世界呢？"

"好高骛远，原本是人类本性。"沈曹苦笑。

我不再说话，只沉默地倚在沈曹的臂弯里一起望向远方。

正是夜晚与白昼的交接处，人声与市声都浮在黄昏中，有种浮生若梦的不真实感。夕阳余晖给所有的一切都染上一层柔艳的光，绿的房屋，蓝的江水，绯红的行人和靓紫的车子，像童话里的城堡。

我忽然有些想哭。这阳台，张爱玲和胡兰成当年也一定曾经并肩站过，看过的吧？

谁念西风独自凉？萧萧黄叶闭疏窗，沉思往事立残阳。

那些往事，写在书上，写在风中，更写在这残阳余照的黄昏里。

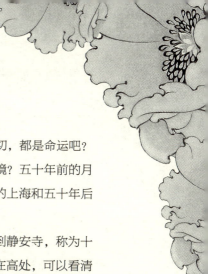

　　张爱玲遇到胡兰成，顾锦盒爱上沈曹，一切，都是命运吧？谁知道这一刻我们看到的上海，是实景还是梦境？五十年前的月亮和五十年后的月亮是同一个月亮，五十年前的上海和五十年后的上海是相同的么？

　　沈曹说："从黄浦江外滩起，由法大马路到静安寺，称为十里洋场。这房子，刚好是十里的边儿，也刚好在高处，可以看清十里洋场的全貌。"他指下去，"喏，那里是哈同花园，那里是起士林咖啡馆。"

　　起士林不是奥菲斯，顾锦盒不是白流苏，而沈曹，会不会是范柳原呢？

　　天色一层一层地暗下去，灯光一点一点地亮起来。

　　从这个角度望下去，整个城市就是由一点一点的灯光和一扇一扇的窗子组合而成，屋子是不动的灯光，车子是行动的灯光，闪闪烁烁，一起从人间游向天堂。

　　沈曹叹息又叹息，忽然说："从小到大，我最怕的就是看到人家窗子里的灯光。因为我会觉得，那灯光背后，一定有个非常温暖快乐的家，而那些温暖和快乐，都不属于我。我非常嫉妒……"

　　我惊讶极了，惊讶到噤声。快乐的沈曹，优秀的沈曹，骄傲的沈曹，才华横溢名气斐然的沈曹，我一直以为他是童话中那种含银匙而生的天之骄子，从小到大整个的生活都是一帆风顺，予取予求的。然而，他的童年，原来竟是如此的不快乐！难怪他潇洒的外表下，时时会不经意地流露出一丝阴郁。少年时的伤，是内伤，没那么容易愈合。是那道看不见的伤痕和与生俱来的孤独感给了他迥异于人的独特魅力。

我没有发问。我知道他在诉说，也是在释放，我不想打断他，不想追问他。如果他信任我，如果他愿意说，他会把一切都说出来的。

　　他沉默了好久，好像在清理自己的思绪，然后才又接着说下去："小时候，我常常在这个时间偷偷跑出来，扔石头砸人家的窗子，有一次被人抓到了，是个大汉，抓我就像老鹰拎小鸡一样，把我拎到半空。我怕得要死。但是这时候有一个女人从那里经过，她劝那个大汉把我放下来，并温柔地对我说：'小朋友，这么晚了，别在外面闯祸，快回家吧，妈妈会找你的。'我当时哭了。你知道吗？我小时候很能打架，有时赢有时输，不管输赢，都会带一身伤，常常被打得鼻青脸肿，但是我从来没哭过。可是那天我哭了。我哭我自己没有家可以回，没有妈妈会找我……"

　　泪水模糊了我的眼睛。沈曹。哦沈曹，原来在你的风光背后，藏着的竟是这样的辛酸苦难。我的心，柔弱地疼痛起来。眼中望出去的，不再是面前这个高大的沈曹，而是那个稚龄的到处砸人家玻璃的可怜的顽童，那个满心里只是仇恨和不甘心的倔犟的孤儿。沈曹，我多么想疼惜你，补偿你以往所有的不快乐，所有的孤单与怨恨。

　　沈曹抬起头，看向深邃的夜空，用一种朝拜神明般虔诚的语调继续说："那个女人，非常的美丽。虽然那时候我还小，什么都不懂，但是我清楚地记得她的长相，真的很美，很美，她穿着一条白裙子，那款式料子，我从来都没有见过，她的笑容，就和天上的月亮一样，有一种柔和的光芒。她拉着我的手，问我：'你

衣服上的这幅画，是谁画的？'那时候，我总是喜欢在所有白色的东西上乱画，不管是白纸、白墙，还是白布。所以我自己的衣裳上，也都是画。她看着那些画，对我说：'你画得真好，比很多人都好。你将来会是一个很出色的人，有许多伟大的发明。所

有认识你的人都会尊敬你，佩服你。你可不能因为打架闯祸就把
自己毁了呀。'我是在孤儿院长大的。曹是孤儿院院长的姓。我
不知道生母为什么把我遗弃，襁褓里连一张简单的字条都没有。
长到这么大，所有人都歧视我，欺负我，除了曹院长。但是即使
是他，也没有对我说过这么温暖的话，鼓励我的话。那个美丽的
女人，她使我相信，我是个好孩子，她给了我一个希望。在我心
目中，她美如天仙，她的话，就是命运的明示……"

　　不知为什么，我心中忽然有点酸酸的，听着沈曹用这么热烈
的词语赞美一个女人，让我竟然有些莫名的嫉妒。尽管我明知道，
那女人比他大着十几二十岁，可是，谁不希望自己是爱人眼中心
中唯一的女神呢？

　　我忍不住问："你后来见过她吗？是不是她收养了你，改变
了你的生活？她现在和你是什么关系？"

　　沈曹被我的一连串问题逗笑了："按照你的逻辑，大概一
个长篇电视剧集的草稿都打好了吧。你是不是以为她就是我的养
母？不，错了，我和她只见过那一面，以后再也没有见过。我仍
然留在孤儿院里，但是从此变成一个安分守己的好孩子，而且更
加刻苦地学画。隔了一年，有个华侨想到孤儿院领养一个男孩，
虽然我的年龄大了一点，但是他看中了我的绘画天赋，发誓把我
培养成一个画家。并且，他给了我一个新的姓氏……"

　　"沈。"我轻轻替他说出答案，低下头，不好意思地笑了。

　　然而沈曹捧起我的脸，迫使我重新抬起头来。"看你，眼泪
还没干呢，又笑了，像个孩子。"他的话语在调笑，可是语气却
温柔诚恳，而他的眼神，他的眼神，如此明白清晰地表达着他的

燃烧的爱意。

我烧融在他的眼神中，同情，震撼，感动，敬佩……种种情绪集聚心头，令我迷失。

他的眼睛这样迫切地逼近我："锦盒，你愿不愿意送我一盏灯，让你和我，永远生活在属于我们俩的灯光下，过着温暖快乐的生活？"

最后一道防线也轰然倒塌，有如泄洪。

他说了！他说了！他终于明白地把所有的爱与承诺都说出口！

只有我知道像他这样的男人，肯向一个女人剖白自己的历史是多么不容易，那等于他把自己的过去和将来都悉数堆在这个女人的面前，请她接纳，请她收容，请她挽起他的手，一起走向白头偕老。

两个寂寞的灵魂终于相撞，不愿再彼此躲闪。我抛开所有的顾虑，不顾一切地和他拥吻在一起……

半生缘

／捌／

对相爱的人而言，生与死
都是符号，爱与恨才是真
谛。

整理外婆遗物时，我看到
一张照片，竟是二十多年
前外婆和我在上海拍摄的。
原来二十多年前，我已经
和上海结下了不解之缘。

我仍然没能对子俊说分手。

　　从常德公寓回来的路上，已经千百遍在心中计划好所有要说的话，我想告诉子俊，我对不起他，不能和他履行婚约，我们的过往有过快乐也有过争吵，然而将来我只会记得他的好，永远记得他的好；我想告诉他，爱一个人需要很多条件，除了时间和习惯外，最重要的是心灵相通，彼此交流，可是这么多年来，我同他虽然无话不说，却始终不能真正说到一起，他说的我不感兴趣，我说的他不能理解。但是沈曹，他和我之间，几乎不需要过多的语言，只要一个眼神已经可以明白彼此所想。其至，连一个眼神的暗示都不需要，因为我们根本就是同一种人，他就像我另一个自己，做每一件事说每一句话，都可以刺到我的心里去；我要向子俊坦白，上次对他说过的那个理想，不是一件事，而是一个人，那个人就是沈曹。所以，我要请求他原谅，让我们彼此做朋友……

　　然而当我回到家时，子俊已经在等我，满面焦急，见面的第一句话就是："你的电话怎么一直打不通？"

　　实验期间需要保持绝对安静和绝缘，就像飞机起飞后必须关闭手机以防信号干扰一样，所以我和沈曹的手机都处于关机状态。可是这怎么跟子俊解释呢？

　　我正在努力措辞，子俊接下来的话把我所有的思想都炸飞了："你妈妈找不到你，只好打我的电话，说你外婆病危，让我们马上回去！"

彻夜焦灼。第二天一早，我们坐头班车回了苏州。

一路上，我只觉自己在与时间争跑，苦苦拉住死神的衣襟乞求："等等我，给我一点时间，让我追上你的脚步，让我见见外婆。"

在踏进医院大门的一刻，恍惚听到外婆的声音："是阿锦回来了吗？"

外婆住在306病室，我对这间医院并不熟悉，可是几乎不需要认证房号，便识途马儿般一路奔进去，就仿佛有人在前面领着我似的。

然而手按在病房门柄上时，里面忽然爆发出撕心裂肺的哭声，我撞开房门，看见妈妈抱着外婆的身体哭得声嘶力竭。我没有走到前面去，我没有动，没有哭，脑子里忽然变得空空的。从昨晚听到外婆病危到现在，焦急和忧虑占据了我整个的心，以至于我还没有来得及感应忧伤，一心一意，我想的只是要马上见到她，我亲爱的外婆，我那个捣着半大解放脚找到学校里替我打抱不平的亲亲外婆，我儿时的避难所，我承受了来自她的无限疼爱却还没有来得及做出半分回报的外婆，哦外婆……

当晚，我来到外婆的家，为她守灵。

子俊好不容易说服爸妈回家休息，而由他留下来陪我。

案头的香火明明灭灭，外婆的遗像在墙上对我微笑。我跪在垫子上，默默地流着泪。

子俊将手握在我的肩上："锦盒，你也睡一会儿吧。"

"可我有许多话要和外婆说。"

"对我说吧，对我说也是一样。"子俊安慰我，一脸怜惜，我知道他是怀疑我伤心过度发神经。

但我坚持："外婆听得到。"

我相信外婆听得到。对于我可以穿越六十年光阴约会张爱玲来说，外婆超越生死与我做一夕之谈，绝对不是呓语。灵魂是无拘碍的。肉体算什么呢？

我不信外婆会不见我就离开。对相爱的人而言，生与死都是符号，爱与恨才是真谛。

子俊熬不住先睡了。我也渐渐蒙眬。然而一种熟悉的气息令我蓦然清醒过来。是外婆！

她的身上特有的花露水的香味，在这个时代的女人身上几乎绝迹，只有老外婆才会坚持每天洒花露水权充香水。记得我工作后，第一次领工资就专门买了一瓶名牌香水送给外婆，可是外婆打开盖子闻了一下，立刻皱起眉头说："什么味儿这么怪？哪有花露水的味儿香？"当时我觉得哭笑不得，而今却明白，就像我执著于旧上海的风花雪月，外婆对花露水的钟爱，也是一种怀旧的执著吧？甚至，相比于我对可想不可及的旧上海的怀念而言，外婆的念旧则显得更为切实真挚。

那个年少轻狂指责外婆闻香品位的我是多么的浅薄无知哦！

"外婆，是您吗？"我轻轻问，眼泪先于话语夺眶而出。

没有回应。隔壁传来子俊轻轻的鼾声。

但是我的心忽然静下来，我知道，即使外婆不来见我，也必定知道我在想她。

我们彼此"知道"。

小时候，在我"呀呀"学语的辰光，渴了饿了困了痒了，不懂得表达，便一律用哭声来抗议，常常搞得妈妈不胜其烦，抱怨我是个"哭夜郎"。惟有外婆，只要一听到我哭声长短，立刻晓得个中缘由，急急把奶瓶尿布及时奉上，止我哭声；反之，外婆偶有不开心的时候，或者腰疼病发作，幼小的我也必会安静地伏在她膝下，大眼睛含着泪，眨巴眨巴地看着她，她便会衷心地笑出来，所有病痛烦恼荡然消失。

自然，这一切都是我长大后由妈妈复述给我听的。然而我总觉得，记忆深处，我其实并没有忘记这些个细节，再小的孩子，既然有思想有感情，就一定也会有记忆的吧？

从小到大，我和外婆几十年心心相印，语言和生死都不能隔绝我们的往来。

花露水味凝聚不散，氤氲了整整一夜。那是外婆和我最后的告别。

清理外婆遗物时，妈妈交给我一张照片，说："你外婆临走时，最挂记的就是你，口口声声说，她唯一的遗憾，就是没能亲眼看到你跟子俊成婚。"

我跟子俊？我一呆，即便外婆活着，怕也是永远看不到的吧？

那张照片，是在我三岁的时候拍的，外婆牵着我的手，婆孙俩齐齐对准镜头笑，背景是一座尖顶的建筑，好像是教堂，然而整座楼连窗子都被爬山虎的藤蔓捆绑得结实，仿佛抱着什么巨大的秘密。

　　我拿着照片，反复端详，忽然发现这场景很熟悉，这是哪里呢？

　　妈妈看到我发呆，叹了一声："怎么，认不出来了？这是上海呀，圣玛利亚中学教堂。"

　　"圣玛利亚中学？"我大惊，那不是张爱玲的母校？我去那里做什么？"我小时候去过上海？"

　　"你忘了？以前跟你说过的，你三岁时，外婆带你去过一次上海。一共待了三天，你玩不够，哭着闹着说不想回来……唉，也真是命，你三岁的时候就口口声声说喜欢上海了，还说长大后要搬到上海去，不想现在都成了现实。那时候你还小，在电视上看到人家在教堂举行婚礼，你就闹着要去看教堂，还说将来也要在教堂结婚。你外婆一时找不到教堂，就带你去了圣玛利亚中学，那是老式贵族学校，校园里有座教堂，当广播站用……前几天，你外婆忽然让我把你从小到大的照片都找出来，一张张地看，还说，不知道你什么时候结婚，只怕她看不见了……当时我还以为是老人家的习惯，没事就喜欢说生道死的，没想到，隔了一天，她突然就中风……"妈妈说着哭起来。

　　我的眼泪也止不住地流下来。外婆今年快八十了，早就过了"古稀"之年，她的死，在中国习俗上称为"喜丧"。像她这样的老人，在死之前，是早已先于肉体而跨越了生命的界限，勘破了宇宙的秘密。她知道自己大限已至，知道自己行将离开，她是含着笑容告别这个世界的。然而，她说她有唯一的心愿未了，就是我的婚事。我的外婆，她在离去的时候，思想里没有她自己，只有我，我的过去，我的现在，我的将来，她曾把我从小到大的

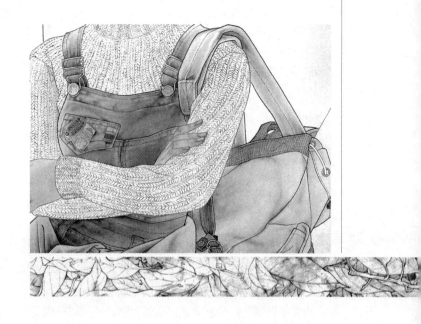

照片一张张地端详，一张张地回忆，一张张地祝福。

外婆，外婆，什么样的爱可以与你比拟？什么样的力量能够比爱更强大？

我越发坚信，昨天的花露水香味不是我的幻觉，不是我的一厢情愿，而是外婆，外婆她真的来了，她来向我道别，她来看看我过得好不好。我的外婆……

"那一次，外婆是怎么想起要带我去上海的？"我问妈妈，"从小到大，我记得外婆一向不大出门的，她怎么会想起到上海去呢？当时您和爸爸在哪儿？"

"那是因为……"妈妈欲言又止，表情扭捏，支吾了良久，终于叹口气说，"都已经是过去的事了，别问了。"

　　我心里一动："是为了您？外婆不是喜欢出门走动的人，除非发生了大事，她是不可能一个人跑到上海去的。外婆的大事，不是我，就是您了。对不对？"

　　"阿锦，你长大了，反应快，心思细，又这么敏感，也不知道是好事还是坏事。"妈妈看着我叹息，"都说憨人多福，你就是太聪明了，聪明人难免心重，倒不如糊里糊涂的好。"

　　我着急："您就别东拉西扯说一半瞒一半的了，既然是过去的事了，就说给我听听吧，当前车之鉴也好呀。"

　　妈妈又想一想，终于点头，却仍然不肯详说，只含糊其辞地总结性发言："这也不是我们一家人的事，很多人都是这样的，两夫妻怎么相处都好，一旦有了孩子，从怀孕到哺乳这段日子，难免就会忽略了夫妻感情。年轻男女忽然升格做了父母，觉得压力不堪担负，内心深处就有了种逃避现实的愿望。这段时间里，遇到个合眼缘的，特别容易发生婚外情……"

　　"爸爸有了别的女人？"妈妈这一代人就是这样，无论说什么事，都不喜欢当成个案来面对，而要上纲上线到一种社会现象来分析，仿佛这样便能减轻事情的严重和伤害似的。从他们的口中了解历史，最多只能得到三成真相，还非得直截了当地提问题不可。

　　"也没有那么严重。"果然，一落实到具体人物上，妈妈便含糊，三言两语地轻描淡写说，"是你爸有次去上海开会，认识了一个姓贺的女同行，两人一直通信，言语亲热了些。有次你外婆来家做客，收拾家时翻出了那些信，第二天就不声不响买了车票，说要带你去上海玩两天，就去了。"

"外婆带我去谈判？"我更加惊讶，我的老外婆呀，她一天工作经验都没有，然而大是大非的问题上，却比谁都拿得起放得下，做事简洁利落，出手必见奇效。我越来越佩服外婆了。"外婆见到那女人了吗？她们怎么谈的？"

　　"详情我也不清楚，你跟着一起去的，你比我清楚呀。"妈妈取笑我，顾左右而言他，"这张照片，就是那次拍的，你外婆和你玩了不少地方呢。"

　　"后来呢？"我不让妈转移话题，追着问，"后来怎么样？"

　　"哪还有后来？姓贺的见了你外婆和你，真是老老少少都出动了，她还能怎么样，还不就和你爸一刀两断了？你爸通过这件事也受了教训，从此痛改前非，任劳任怨，就成了今天这个模范父亲。"

　　"外婆可真厉害！"我由衷赞叹。千万别小看了那个时代的女性，锦囊自有妙计，土虽土了点儿，可是实用。适当时候使出来，一招是一招，所向披靡。

　　"你和子俊到底准备什么时候结婚呢？"妈妈反守为攻，问起我来，"你外婆最不放心的就是这件事，说你三岁的时候她就答应过你，一定会让你在教堂里结婚。她最遗憾的就是不能看着你进教堂。"

　　"她会看到的。"我说，"她在天之灵会看见。"

　　"你和子俊没什么吧？这次你们回来，我觉得你对他好像有点淡淡的。"

　　"我们……"我犹豫了一下，终于说，"我们没什么。"

　　不知为什么，听完了父母年轻时代的故事，我对自己的情感

纠葛忽然有了新的想法。我和沈曹，是否就像爸爸和那个上海女人的故事一样，只是节外生枝的片刻光芒呢？爸爸在我心目中，一直是个稳重的有责任感的好男人，我相信二十多年前的他，虽然年轻，也不会是一个轻狂的人，他既然和那个上海女人曾经有过暧昧辰光，就必然是动了真情的。可是他最终还是选择了母亲，必然也是经过了深沉的思索。我和沈曹的感情，是否也应该沉静地郑重地考虑一下呢？毕竟，我和子俊相爱逾十年，而和沈曹，不过认识了数月而已。这一份狂热，够燃烧多久？

我想起阿陈提到过的那个女模特儿，沈曹也承认自己有过很多女朋友，虽然他向我保证那些人都已是明日黄花，可是谁又能肯定今天的她们不是明天的我呢？

他是那种人，可以燃烧很多次，也很容易忽然冷下来，但是永远不可能与你温存地相守。

如果渴望安稳幸福地过一生，是不可以选择他来照亮的，然而多情的女子，总是飞蛾般为了扑火而捐弃一切。

当我在情感上触礁的时候，难道我可以希冀母亲像当年的外婆一样拖着幼龄的孙儿去找第三者摊牌求情吗？

我忽然很想同母亲讨论一下关于爱情的观点："您当初和爸爸，是怎么开始的？"

"我们？"妈妈眯起眼睛，好像有点想不起的样子，可是我知道其实她记得非常清楚，因为她几乎是立刻就很准确地说出了具体时间和地点，"是 1969 年 12 月，我们下放到了同一个知青点，虽然没什么太多接触，可是都熟口熟面，叫得上名字说得上话。到了 1975 年，我们又是同一批回城的，就有了联系。没多久，就结婚了，再过两年，就有了你……"妈妈又叹息起来，"我们那年月，恋爱就结婚，结婚就生子。哪里像你们现在，交往十年八年的都不稀奇，又怎么能怪婚后不有点风吹草动呢？"

"那您觉得，有过十年八年恋爱，感情就一定是稳定的吗？"

"唉,怎么说呢？"妈妈微微沉思，忽然说了句文绉绉的感慨，"耳鬓厮磨易，情投意合难。婚姻，是需要经营的，如果两个人都有把日子过好的打算,就什么困难都不怕,总可以白头偕老的。"

"心灵呢？心灵的沟通不重要吗？"

"当然重要。但是对于心灵，不同的人有不同的理解，就像我和你爸，我们都很关心你，关心这个家，这也是一种心灵沟通，是共同语言。问题是，某一分钟某一件事上的心灵相通容易，在任何时间任何事上都做到心心相印，就成了奢望。没有两个人的生活经历是完全一样的，即使同一个家庭出来的两个人对生活也有着不同的感受，所以要求理解本来就是一件奢侈的事。在婚姻生活中，最应该学习的，不是理解，而是宽容。理不理解都不重要，最重要的是能够以一颗宽容的心来接受对方。只要能做到这样，就是美满婚姻了。"

这是母亲第一次郑重地和我讨论关于婚姻的问题，然而她的话，足够我用一生来回味。

黄昏时，子俊来看我，带来一篮水果。我拣了一只芒果出来，抱在手中闻那香味。

子俊笑："每次给你买水果，你都是拿在鼻子底下闻了又闻，好像闻一闻就吃饱了似的，成仙呀？"

"是吗？"我一愣，倒是第一次注意到自己有这样的习惯，"神仙才不食人间烟火呢。只有鬼，才贪图味道。人们祭坟，不都是插根香再供点水果的吗？鬼又吃不成，不过是闻闻味儿罢了。"

妈妈一旁听到，摇头叹："说这样的话，也不嫌忌讳。"

子俊却认真起来，想了想点头说："有道理。人们形容异度空间的幽灵们是不食人间烟火，其实恰恰相反，仙与鬼们'吃'的都是'烟火'，只不过拒绝烟火下的食物实体罢了。"

再忧伤烦恼，我也忍不住微笑。

子俊又说："我已经买好了回上海的车票，我们明天早晨出发，我来你家接你。"

"就在车站见好了。"我说，"接来接去的太麻烦。"

"我应该的。"

"没有什么是你应该的。"我正色，"子俊，不要觉得你对我有责任，我们都是独立的个体，谁对谁也没有责任。"

子俊受伤起来："锦盒，我是不是有什么地方让你不满意了？你最近对我好冷淡。"

当晚，我拨电话给沈曹。

这是我第一次主动打电话给沈曹。然而对面是电话录音："请在'嘟'一声后留言……"

我于是对着空气说："沈曹……"

沈曹。我叫他的名字，再叫一声"沈曹"，然后挂断。

说什么呢？告诉他我的外婆去世了，我很伤心？那又怎么样？他没有参与过我的生活，绝不会了解我对外婆的感情有多么深重。虽然妈妈说过：没有两个人的生活经历是完全一样的，要求理解本来就是一件奢侈的事。可是我和沈曹的生活背景与经历相差得也实在太远了，他是一个孤儿，又在美国长大，除了会背《红楼梦》，知道些关于"蟹八件"之类的苏州典故外，几乎不能算一个真正的中国人。让我如何对他倾诉我的伤心？

当我为外婆守灵而终宵哭泣的时候，陪伴我的，只有子俊。子俊才是现实生活中具体可见有血有肉的一个人，是我们全家认可知根知底、外婆临终前还念念不忘的准孙女婿。当家人打不通我电话的时候，会想到联络子俊来找我。而沈曹，我甚至没机会对母亲提起他的名字。他只存在于我的理想，所有现世的悲哀与喜悦，于他都是虚无缥缈的，是水果的香味，闻一闻已经足够，用来果腹的，还是大米饭罢了。

耳鬓厮磨易，情投意合难。然而耳鬓厮磨一辈子，总会有情投意合的时刻；片刻的情投意合，却难以保证一世的耳鬓厮磨。

可以与之恋爱的男人有许多种，长得帅，谈吐够风趣，懂得挑选红酒或荷兰玫瑰，甚至打得一手好网球，都可以成为点燃爱火的理由。但是婚姻，婚姻的先决条件却只有一个，就是忠实，有责任感。

婚姻是需要经营的。可是沈曹那样的人，一个彻头彻尾的艺术家，一个依靠灵感和热情来生存的人，他会用心去经营一份平实的婚姻吗？

妈妈说婚姻最需要的是宽容，而沈曹所要的，恰恰是理解，而非宽容。如果我们的感情生活出现意外，他是不会接受任何谈判条件的，根本，他就是一个不会接受任何羁縻的人，在他的字

120

典里，没有忍耐和迁就，有感觉就是有感觉，没感觉了就分手，非此即彼，泾渭分明。我要将一生做赌注，和他开始这场感情的豪赌吗？

第二天早晨，子俊还是一根筋地跑到家里来接我。

说实话，虽然嘴里说车站见，但是在家里见到他时我还是有些高兴的。

一路上，他罕见地沉默。

是我先开口："怎么不说话？"

"我昨晚想了一夜。想我们这些年来的事，锦盒，你是不是觉得跟着我委屈了你？"

"怎么忽然这么说？"我有些不安。

子俊满面愁苦："是我妈问我，问我们什么时候结婚。"

"我妈也问过我。"

"我没办法回答我妈。我不知道你怎么想。我知道自己配不起你。我也很想好好努力，让你更满意些，可是，锦盒，我想我永远达不到你想象的那么好。"子俊无限哀伤地摇头，哀伤地凝视我，"你是一个如此怀旧的人。怀旧意味着缅怀永远得不到的东西。爱情也是。"

我震撼地看着子俊，从没有想过这样感性的话会出自单纯的子俊之口。逼着一个简单的人深刻起来，其实是一种残忍。

我意识到自己对于子俊来说，是多么的残忍。

怀旧与爱情，都是一样地遥远而美好，可望而不可即。

然而我能够把握的，不过是现在。

怀旧是理想化的，爱情也是。然而如果不能把握现在，怀旧，是多么渺茫。

我本能地握住子俊的手，脱口而出："不，子俊，你在我身边，你已经是最好的，比我想象的还要好。因为，你是真实的存在。"

无法解释那一刻我对子俊的表白，或者说，承诺。

我承诺了对他的爱，对他的珍惜，对他的认同与接受。然而，沈曹呢？

In Search of
Eileen Chang

西嶺雪 著

不了情

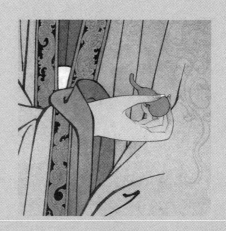

玖

我回到二十多年前，没有找到当年的外婆，却在无意中知道了沈曹心目中神秘白衣天使的真面目。

梦里，外婆终于肯同我相见，船上英姿勃发的女子，叫做贺乘龙——这便是曾经与我母亲争夺父亲的情敌了。

已经回上海几天了，可是我一直没有回公司销假。

也没有同沈曹联络。

外婆的死使我对生命忽然起了无边的恐惧与厌怠感，让我对万事都提不起兴趣。朝九晚五的工作到底有何意义呢？每天对着一些自己不喜欢的人，做着自己不喜欢的事，就这样消磨一生。是为了一日三餐？为了月底那点顾了吃便顾不得穿的微薄薪水？何况即便高薪厚禄锦衣玉食又如何？到头来还不是黄土垄头埋白骨，青枫林下鬼吟哦？

子俊每天安排节目，让我没有时间胡思乱想。可是我真心嫌他碍手碍脚，不想他在眼前。

我只想关上门，静静待一会儿，想念外婆。

——是常德公寓张爱玲故居的门。

这还是我第一次独自探访常德公寓。沈曹已经租下这里做试验，我们各自有一把这里的钥匙。

当年为了寻找张爱玲，我背井离乡地来到上海，以为是人生奇遇。却并不知道，其实上海于我是旧地重游。在二十多年前的某一天，我三岁的时候，外婆曾经带我来过一次，为了挽救母亲的婚姻，向异乡的贺姓女子勇敢宣战。

我忽然很想知道，外婆究竟是以什么样的理由说服贺女退兵的呢？

时间大神在墙上静静地与我对视。茶几上的烤蓝碟子里有沈曹留下的烟蒂。

我在沙发上独自缱绻，默默地想着沈曹。我是这样地想念他，却不愿意主动给他打一个电话。

打了电话，又说什么呢？

上次我们在这里见面，他正式向我求爱，我亦答应了要回去同子俊摊牌，很快会给他一个答案。

然而只是数日间，很多事情都起了变化，而最变幻不定的，是我的心。

我竟不能明白自己的心。

窗台上的玻璃缸里养着一缸水仙，凌波玉立。我并不是一个水性杨花的女子，可是我竟不能明了自己的心。

我站起来，走到时间大神前，跃跃欲试。

像小时候一样，每当遇到过不去的难关，我就很想躲到外婆处，从她那里获取安慰和保护。我很好奇，也很怀念，我想知道亲爱的老外婆的第一次外交事业是怎样开展的，她如何同"那个女人"谈判，也想看看父亲曾经爱过的女人究竟是什么样子，想知道爱情与婚姻、理想与生活的一次碰撞，究竟是以怎样的理论方式取胜。

我忽然觉得，像外婆那样的一个旧时代的女人，她所有的生活的智慧，其实是比所谓的现代白领女性有着更加实用的深刻性的。

如果沈曹知道我私自调试时间大神，大概会生气的吧？

但是已经来不及了，在我心底还犹豫着的时候，手上已经自

126

行做主地揿动了时间掣，总算仓促间还没忘了提前预设"回来"的时间——可别把我丢在二十几年前回不来了，那样，这个世界的我可就真成了一个失心的人。

倒不知，如果我果真"迷路"的话，现代的医疗仪器能不能把我的灵魂找回来。

音乐响起，神思渐渐飘忽，仿佛整个人升在云端，渐去渐远……

"下凡"的地方是在一条昏暗的街道角落。

我有些彷徨，怀疑自己的操作有欠水准，未必认清楚时间地点，可别一下子把自己送到了东大西洋去。如果是说英语的国家又还好些，若是法语德语甚至葡萄牙语可怎么得了？

然而这时我听到转街一声清脆的碎玻璃响，接着传来男人的呵斥声和孩童的叫骂声，声声入耳，说的分明是中文，而且是上海话。不知为何，平时痛恨人家爆粗口的我，此刻只觉那粗鲁的谩骂听在耳中是如此可心适意，亲切无比。

我顺着那声音找过去，正看到一个彪形大汉揪住一个男孩的衣襟在斥骂，老拳高高举起，眼看就要打下去。我顾不得害怕，本能地喊一句："住手！"

三言两语问清楚，原来是这孩子淘气，掷石子砸了男人家的玻璃。我诧异，问他："你为什么要这么做？"

那孩子扭过头，一脸倔犟，沉默不语。

我便又问大汉："你们认识？"

"谁要认识这小赤佬？"大汉怒气未消，"这附近天天有人喊家里窗玻璃被人砸了就跑，今天被我逮个正着，原来是这小赤佬干的，撞在我手里了，饶不了他！"

我心里一动，定睛看那少年，肮脏的泥渍汗渍掩不去他本来眉目的清秀英挺，一件脏兮兮的白衬衫上涂满墨迹，一望可知是随手涂鸦，然而笔意行云流水，颇有天分。

"你叫什么名字？"

少年翻我白眼，不肯做答。

我再问："你是不是姓沈？"

"不是。"

错了？我愣了一下，忽然想起来："对了，你是姓曹？"

男孩子抬起头来："你怎么知道？"

世事弄人！我顿时感慨不已，泪盈于睫，许多想不通的往事蓦然间澄明如镜。是沈曹，年幼时的沈曹。我想起沈曹对我讲过的那位貌若天仙的白衣女子——"那个女人，非常的美丽。虽然那时候我还小，什么都不懂，但是我清楚地记得她的长相，真的很美，很美，她穿着一条白裙子，那款式料子，我从来都没有见过；她的笑容，就和天上的月亮一样，有一种柔和的光芒……那个美丽的女人，她使我相信，我是个好孩子，她给了我一个希望。在我心目中，她美如天仙，她的话，就是命运的明示……"

当时，我还曾嫉妒过他用如此炽热的语调赞颂过的这个神秘女人，却原来，竟是我自己！

一切都是注定的，台词和过场早已由沈曹本人对我预演，此刻只需要照着剧本念对白："衣服上的画，是你画的？你画得真好，比很多人都好。你将来会是一个很出色的人，有许多伟大的发明。

所有认识你的人都会尊敬你，佩服你。你可不能因为打架闯祸就把自己毁了呀。"

小小的沈曹十分惊讶，抬起大眼睛望着我，眼里渐渐蓄满泪水。

我将他抱在怀中，紧紧地抱在怀中，百感交集。然而就在这时候，提前设定的回归时间到了，仿佛有谁从我怀中大力将小沈曹抢走，怀中一空，接着，就像每天早晨被闹钟叫响一样，忽然一阵耳鸣心悸，只觉得风声如诉，暮色四合，我头部一阵剧烈的疼痛，眼前先是一黑，既而大亮，已经安全着陆，"回到人间"……

我睁开眼睛，只觉怀中萧索，眼角湿湿的，伸手一抹，沾了一手的泪。

沈曹，哦可怜的沈曹，可亲的沈曹。原来你我的缘分，早已上天注定。注定你会发明这样一件伟大的仪器，注定你会教我使用它，注定我会回到二十多年前为你指点迷津，注定你我今天要再度相遇……在时间的长河里，到底什么是先，什么是后，什么是因，什么是果？

我在常德公寓里独自坐到天黑。走出来时，只见万家灯火，恍如梦境。谁又知道什么是梦，什么才是真实呢？

电话铃响的时候，我几乎要脱口而出"沈曹"，然而对面传来的却是子俊的声音："锦盒，你在哪儿？"

"在街上随便走走散心，就快到了。"我有点抱歉对他的敷衍与冷淡。可是不如此，又做何回答呢？对他讲"时间大神"？那是一个太大的惊异。以子俊的理解力，会视我的说法为天方夜

谭，甚至保不定还会扭送我去看精神科医生。

"要不要我过来陪你？"

"不要，人家会以为我们同居了。"

子俊沉默了一下，然后说："其实锦盒，我们就真是同居，也是非常正常的。现在的人不都是这样的吗？"

"所以说我不是现代人。"我温和地说，"子俊，你不是总说我不食人间烟火吗？"

"我尊重你的选择。"子俊最后这样说。

于是我心安理得地挂掉电话，随手关机，寻求一个不被打扰的好梦。

几乎是头一挨枕头就睡着了。

每次使用过时间大神，我都会有颇长一段时间的震荡，宛如坐船。

船荡漾在烟水苍茫间。

是一艘小船，除了艄公外，只坐着两个人——哦不，三个。因为坐在船头年纪稍长的那位怀中还抱着一个小小女童。那女孩大大的眼睛，嘴唇紧抿，神情间有种似曾相识的熟稔。

对面的女子脸容清丽，神色忧戚，仿佛有不能开解的难关。

再后面就是艄公了，有一下没一下地摇着桨。

然而我呢？我在哪里？这小小的船，这船上转侧维艰的几个人，哪里插得下我的位置？我站在哪里看到的这一切？那老老少少的三代女人，那悠闲的艄公，他们为什么好像都没有看见我？我又为什么会置身于这样一个场景？

这时候那不足三岁的女童忽然回过头来，与我眼光相撞时，诡异地一笑。宛如有一柄剑蓦地刺入心中，我霍然明白，我见到了外婆。我在做梦。借助时间大神未能去到的地方，居然在自己的梦中抵达了。

　　我终于看到已经做了外婆却仍然年轻风韵犹存的外婆，抱在她怀中的那个大眼睛小囡，是我么？

　　一望可知，这是一艘租来的观光小船，岸边高楼林立，让我清楚地判断出这水便是黄浦江，是在外滩一带，多少年后，那边将竖起一座举世闻名的建筑——东方之珠。

　　外婆如此风雅，竟然晓得租一艘小船来做谈判之所。载沉载浮间，人的心反而会沉静下来，大概是不会开仗的；又或者，外婆做一个赌，如果那贺小姐不答应退出，外婆便将她推至水中，埋尸江底？

　　我在梦中笑起来，原来那忧郁的女子，便是贺乘龙了。

　　本来以为天下所有的情妇都是一般嘴脸：妖艳、邪气，说话媚声拿调，穿着暴露花哨，喜欢吊着眉梢用眼角看人——然而全不是那样。贺乘龙小姐高大健美，穿一套做工考究的职业装，微笑可人，声线低沉，她将一只手搭在船舷上，侧首望向江面，眉宇间略略露出几分彷徨，千回百转，我见犹怜。

　　那个时代的职业女性，比今天的所谓白领更具韵味。

　　我暗暗喝一声彩，老爸的眼光不错，我是男人，我也选她。她的确比我母亲更加精彩出色。

　　梦中的我脸孔圆圆的像个洋娃娃，被抱在外婆怀中，大眼睛一眨一眨望住贺小姐，大概也是被美色所吸引吧？我更加微笑，

嘿，三岁时我已经懂得鉴貌辨色。

那贺乘龙回望我的眼神哀婉而无奈，她最后说："外婆，我答应，为了这小天使，我不会再介入你们的家庭。"

天使。沈曹回忆二十多年前对他布道的白衣神秘女子时也曾这样形容过我。

梦中的我，三岁；而借时间大神回到那个时代的我却已近三十岁。两个我，咫尺天涯。一个在我梦中，另一个，在时间大神的掌控下。到底哪个才是本尊哪个是变身？

神话里美猴王七十二变，不知与这是否异曲同工。

三岁的我和三十岁的我一齐望着贺乘龙，满心无奈。不是所有的女人都喜欢低头，却是所有的女人都擅长忍耐。

慢着，贺乘龙，为什么我会知道她叫贺乘龙？

心里一惊，也便醒了过来。而梦境历历在目。为什么我会知道她叫贺乘龙？刚才梦到的一切，真的只是一个梦？

我按捺不住，拨一个电话回苏州家里，越急越出错，按了半天键听不到任何声音，这才想起昨晚睡前特意把插销拔掉的。定一定神，接好插头，终于听到彼端传来老妈熟悉的声音，带着一丝慵懒，明显是刚刚醒来。隔着长长电话线，我仿佛已经看到她睡眼的惺忪。

"锦盒，是你呀，怎么这么早来电话？回上海后还习惯么？"

我顾不得寒暄，急着问："妈，那个女人叫什么？"

"什么那个女人？你这丫头，讲话老是没头没脑的，哪个女人呀？"

寻找 张爱玲 玖 不了情

"就是和爸爸有过一腿的那个上海第三者呀。"

"什么一腿两腿的，你嘴里胡说些什么。"听妈妈的语气，似乎颇后悔跟我说了往事，"怎么你还记得呀？"

"那个女人，是不是叫贺乘龙？"

"是呀，你怎么知道？"

我呆住。我怎么知道？我梦到的。梦中，那个女人说她叫贺乘龙。可是，那真的是做梦吗？或者，是小时候的记忆回光返照？或者，是外婆灵魂托梦完成我再见她的心愿？又或者，是时间大神的剩余作用未消？

然而还有后文——妈妈吞吞吐吐地说："那个贺乘龙，她又出现了。"

"又出现了？什么意思？"

"她打电话给你爸爸，说要来苏州，想见见你爸。"

"见面？"我愣了一下，接着劝慰母亲，"他们俩加起来都一百岁了，见面又能怎样？也不过是想说说心里话罢了。难道女儿都三十了你们还要闹离婚不成？何况就算离婚，也没什么大不了，你已经和爸过了大半辈子了，趁机可以换个活法儿。"

"你这孩子，胡说八道。"妈妈就是这点可爱，经了半个世纪的沧桑，偶尔还会做小儿女状撒娇发嗔。

我继续巧舌如簧："要来的躲不过，躲过的不是祸。妈，他们也忍了好多年了，想见面，你就让他们见一下吧。既然爸爸能把这话告诉你，就是心底坦荡，不想瞒着你。依我说，你不如干脆请那位贺女士来家里，把她当成一位家庭的朋友好好接待，反而没什么事会发生。越是藏着躲着如临大敌的，反而越会生出事

来。这种时候，爸爸心里肯定是有些动荡的，你可要自己拿准主意，小心处理了。"

"也只得这样了。"妈妈无奈地说，声音里满是恓惶无助。这一生，真正令她紧张的，也就是这个家吧？爸爸一次又一次让她仓皇紧张，算不算一种辜负呢？

挂断电话，我半天都不能回神。这件事越来越不对，时间大神远远没有我想象的那样简单。那是个可怕的发明，它可以将过去未来真实虚假完全颠倒过来，让人迷失在时间的丛林里，不能自已。而且冥冥之中，它似乎在左右我们的情感，改变生活的轨迹，虽然它由人类发明，可它对于人类所起的潜移默化的能力，竟是我们无可逆料的……

我终于重新抓起电话，拨给沈曹……

色·戒

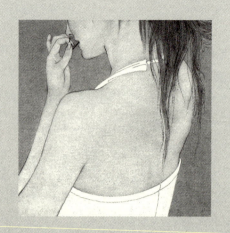

拾

沈曹另结新欢？难怪办公

室里每个人见到我都是那

么一副怪怪的表情。

在我最需要安慰的时候，

沈曹，他并没有在我身边，

反而雪上加霜地使我更立

于无援之地。

失业的同时，又遭遇了失

恋。我终于意识到自己同

沈曹是多么不同的两个人。

电话铃声响了一次又一次，回应我的却始终是冷漠的电话留言："这里是沈曹的家……"

我第一次发觉，自己和沈曹其实是这样的陌生，一旦他关掉手机，我便再也没有办法找到他。

所有的疑虑都压在了心底。我不敢再去招惹时间大神，也刻意地回避与子俊见面。我不想在沈曹失踪的情况下和子俊修复旧好，那样对他们两个人以及对我自己都不公平。

我不能在这种情绪下做出任何判断。

一次又一次独自探访常德公寓，打扫房间，给水仙花换水，坐在沙发上听一会儿音乐，甚至学会了抽烟——是照着沈曹留下来的烟蒂的牌子买的。

虽然没有见沈曹，可是他的痕迹无处不在。

我也终于回公司上班。

在苏州待了几天，滋生出厌工情绪，再回到工作岗位上，只觉漫漫长日苦不堪挨。上头交下来的工作，直做到午饭时间还不能交差。

阿陈于是有话说："做人要知足，每天在冷气房里坐着就有薪水领还要唉声叹气，天老爷都会嫌你啰嗦。"他说话的口吻好像他就是天老爷了，至少也是在替天行道，一副圣人智者的腔调，只差没在额头上凿四个字：永远正确。

不过话说回来，工作管工作，情绪管情绪，我是不应该把八小时以外的喜怒哀乐带到上班时间来晕染的。因此低下头乖乖就范："对不起，我马上做好。"

阿陈对我的柔顺很满意，或者说是对他自己的训诫如此立竿见影很满意，于是越发用告诫的口吻滔滔不绝地说教，并且老调重弹地又批评起我的白衬衫来，似乎我从头到脚无一是处，简直就不配做一个女人。

我终于忍不住："陈经理，如果你再一直这样说下去的话，我只怕做到下班时间也做不好了。"

阿陈的脸瞬间充血，变成猪肝色。

我觉得快意，早就应该叫他住嘴的。

但是阿陈不是一个可以轻易言败的人，他的脸由红转白，由白转青，忽然一扭脖子，咬牙切齿地说："顾锦盒，别以为你攀了高枝，搭上沈曹，就可以狗仗人势，三分颜色开染坊了，姓沈的早就另结新欢了，未必还肯罩你！"

这已经是人格污辱，我忍无可忍，暴喝："我不需要任何人罩！"

整个办公室的人都抬起头来，他们习惯了我的逆来顺受，大概没有料到兔子急了真会有咬人的时候，脸上纷纷露出吃惊和好奇的神色。

我受够了，忽然间，我觉得这一切是这样的无聊，阿陈的见风使舵，同事的幸灾乐祸，我自己的隐忍含糊，都让我觉得一分钟也不能忍下去。我摔出手中的档案，一字一句地宣布："我辞职。

凡是沈曹势力范围，我绝不涉足。我和他，井水不犯河水！"

众目睽睽下，我拂袖而出——这样的任性，一生能有几次呢？

坐在电梯里的时候我恨恨地想，如果借助时间大神去到三十多年前，阿陈刚刚出生的时辰，我会扮个护士进去婴儿室，掐住他的脖子用力一扭，或者这个人便从此消失。

忽然觉得这情形似曾相识——岂非有点雷同美国大片《终结者》中的桥段？

我独自在电梯里"嘿嘿"冷笑起来。

但是一来到常德公寓，我的眼泪便垂下来。

沈曹另结新欢？难怪办公室每个人见到我都是那么一副怪怪的表情。开始还以为是我多疑，然而连实习小女生们也满脸好奇，对着我不住打量并窃窃私语，原来在她们心目中，我已成了沈曹明日黄花的旧爱。

在我最需要安慰的时候，沈曹，他并没有在我身边，反而雪上加霜地使我更立于无援之地。

我抚摸着时间大神的指针，犹豫着要不要再借用一次——不不，当然不是三十年前的医院婴儿科，想想还可以，真要杀人害命我还没那胆子，况且阿陈那种人，并不能伤我那么深，也就自然不会让我恨得那么切——我想见的，仍然是张爱玲。

张爱玲爱上的胡兰成，曾是一个声名狼藉却偏偏才俊风流的多情种子。他追求她，却又背叛她，终于使她写下那封哀艳凄绝的断交信：

我已经不喜欢你了。你是早已不喜欢我了的，这次的决心，我是经过一年半的长时间考虑的。彼时惟以"小吉"故，不欲增加你的困难。你不要来寻我，即或写信来，我亦是不看的了。

那封信，写于 1947 年。

1947 年，那便是我想去的年份了。

彼时的张爱玲，在明明白白地面对了胡兰成的负心之后，却还是要忍辱负重，"经过一年半的长时间考虑"，才终于痛下决心写了这封绝交信。当时的她，是如何思虑清楚的呢？

信中的"小吉"，指的是时局动荡，日本战败，国民政府全城搜捕汉奸，胡兰成当时四处逃亡，十分狼狈。那时的张爱玲虽然实际上早已与胡兰成分开，却不愿意在这种时候绝情分手，故一再延俄，还将自己的稿费全数寄他，宁可受池鱼之灾被时人误会迁责，也要等到胡兰成安全后才致信正式离异。这样的一个女子，在政治上也许糊涂，然而在情义上，却不能不令人赞佩。

后来她去了美国，后来她再婚，后来她孤独地死在异乡。其间，一直拒绝再与胡兰成相见。她说她把他忘记了。

她把他忘记了，就像我多年后也会忘记沈曹一样。

曾经的伤害，仿佛皮肤被刀子尖锐地划开，塞进一枚硬币，然后慢慢地发炎，化脓，经历种种痛苦折磨，终于结痂，脱痂，愈合，长出新的皮肉，并经过日晒雨淋，使那一寸皮肤完全恢复如初，再不见一丝伤痕。

所有的痕迹都被抹煞了，皮肤假装忘记了一切，可是肉体记

录了一切，血脉深处，埋藏着那枚硬币，每一次血液循环，都从它的身侧经过，都将它重新复习，然后带着它的气味流遍全身，渗透每一寸肌肤每一缕神经末梢。直至呼吸也带着记忆的味道，带着难言的痛楚，就好像早晨刷完牙后，会呼出牙膏的味道一样。

是这样么？是这样么？

我想见张爱玲，我想面对1947年的她，问一声：你后悔过么？

再见沈曹时，恍如隔世。

他去南美拍片，刚刚回来，说："我听说你辞职，立刻就赶来了。是阿陈那小子得罪你？我把他的头拧下来做成标本送你当烟灰缸可好？"

看来他已经去过常德公寓，知道我新染了抽烟的小癖好。我有点感动，也有点羞涩，但是这笑话并不好笑。而且即使他真能做到那样，我也不会觉得开心，因为那样的话，阿陈的话就得到了验证：我是由沈曹罩着的。

我摇摇头，说："和他无关，是我自己情绪不好。"

沈曹体谅地问："发生了什么事？"

"我外婆去世了。"我说，声音忽然哽咽。

"原来是这样。"他恍然大悟，"上次在常德公寓和你分手，第二天我就飞南美拍片去了。中间开过一次机，听到你给我的留言，光叫我的名字却不说话。我再打回去，你又不接了。在南美，隔着千山万水，锦盒，我真怕再也见不到你。"

听到这样的话，怎能不心动呢？我泪眼蒙胧地望着他，泪珠儿还留在腮边，却已经微笑了："沈曹，还记得你跟我说起过的

那个白衣女人吗？"

　　"她是我生命的天使。"

　　我笑起来，一提到那位神秘的"白衣女郎"，沈曹就拿出这副唱赞美诗的腔调，却不知道，他的"天使"，此刻就坐在他对面。我故意再问："那个女人，长得漂亮吗？比我怎么样？"

　　沈曹细细打量我，微笑："锦盒，你堪称美女，在我心目中，没有人可以与你相比。不过那位天使，她清丽端庄，言谈中有种高贵的气度，如悲天悯人的仙子，她是不能与凡人相提并论的。"

　　我又好气又好笑，继续问："那么，到底是她比较漂亮还是我稍胜一筹呢？"

　　沈曹烦恼："锦盒，你平时不是这么小气的。她在我心中是

无与伦比的，请你不要再问这样幼稚的问题好吗？"

哼，他居然以为我是个小气计较的浅薄女子，是为了吃醋才和他无理取闹呢。我决定说出真相，让他大吃一惊："可是那个人就是我呀。我就是你小时候见过的所谓天使，她怎么可能比我更漂亮呢？"

沈曹吃惊："锦盒，你在说什么呀？你是不是很在意我心中有别的女人？不过，我已经说过了，她不是什么别的女人，她是一个天使。你根本没必要和她比的。"

我气急："我不是要比。我是跟你说真的，那个人，就是我。"看到沈曹满脸的不以为然，我只好进一步启发他："还记得我们第一次见面的时候，你一直跟我说好像在哪里见过我吗？"

"是呀，我后来不是想起来吗？在国美时看过你的背影。"

"可是从窗口望下去的一个身影，怎么可能让你记住我的样子呢？其实你觉得似曾相识，就是因为小时候已经见过我了呀。"

"这怎么可能呢？我肯定是因为在美院见过你才觉得熟悉的，因为我拍了那张照片。"

我又好气又好笑，只好再多一点提示，问他："那你说的那位天使是不是穿着一件白衬衫？"

"是呀。"

"是不是就和我现在身上穿的这件一样？"

他打量我，满面狐疑："怎么可能一样呢？二十多年前的款样。"

"那她是不是对你说：你将来会很有成就，有很多人会崇拜你，要你好好的？"

"是呀。"

"你看，我都知道，因为我就是她。"

"可这些都是我对你说过的呀。"

我为之气结。

沈曹还在设法安慰我："你放心，锦盒，对她的崇敬和尊重不会影响我们的感情的，这是两回事。"

我没辙了，这家伙油盐不进，早已将记忆中的我神化，抵死不肯承认童年时相遇的神仙姐姐就是面前这个顾锦盒，她在他心目中早已长了光环与翅膀，成为一个神。他拒绝将她人化，甚至拒绝面对真实的她。我真是哭笑不得。

"锦盒，你生气了？"沈曹更加不安。

我苦笑，没好气地答："我在吃醋。"吃我自己的醋。

说到吃醋，我倒又想起另一件事来。"对了，阿陈说你另结新欢，这是什么意思？"

沈曹的脸一沉："锦盒，你不相信我？"

"我当然愿意相信你，可是你觉不觉得，你欠我一个解释？"

"但是如果你相信我，根本不会向我要求解释。"沈曹的脸色变得难看，"锦盒，我从没有说过自己历史清白守身如玉，不过我答应过你，从今往后只对你一个人好。这你总该满意了吧？"

听他的口气，倒仿佛是我在无理取闹了。感情不是讨价还价，什么叫满意，什么叫缺欠？

我低下头不说话。

沈曹缓和了一下口吻，转移话题："我刚才去过常德公寓，看到水仙花开得很好。你常过去？"

　　我点头。本想告诉他自己借助时间大神回过他的童年，但是转念一想，他既然不肯相信我就是那个神秘的白衣女郎，自然也就不会相信我所说。何况，告诉他我擅自开动时间大神，只会引起他的惊惶，那又何必？

　　最终，我只是说："沈曹，我很想再见一次张爱玲，1947 年的张爱玲。这次，我会和她讨论爱情的抉择。"

　　沈曹何其聪明，立刻读出了我的弦外音，敏感地问："你仍在抉择不定？你仍然没有接受我？"

　　"我外婆刚去世。我的心非常乱。沈曹，不要逼我回答这么严肃的问题好不好？"

　　沈曹沉默，在盘子里捻灭烟头，站起身说："我还有事，先走了，过几日安排好了会通知你。"

　　他被得罪了。他在生气。

　　我也沉默地起身相送，没有挽留。我还未伤愈，自救已经不暇，没有余力去安慰别人脆弱的心。

　　时穷节乃见。这时我看出沈曹性格上的先天性缺陷了，他是一个孤儿，一个倔犟敏感的孤儿，比常人需要更多的爱与关注。他又是一个艺术家，一个以自我为中心的艺术家，情绪的冷热喜怒完全不由控制。他所需要的伴侣，除了能够随时激发他的灵感，还要随时能关注他的情绪。

　　而我，我自己已经是一个需要别人照顾的人，我已经没有气力去照顾别人了。如果真的非常深爱一个人，爱到可以为他牺牲一切自尊与自我，或许可以做到；然而我又不是一个那样的女子，我的伟大，仅止于梦游上海时救下砸石头的顽童沈曹，对他说一两句先知先觉的大道理，却不能够天长日久，巨细靡遗地随时随处惟他马首是瞻。

我的世界里，最重要的一个人，仍然是我自己。

我甚至不能够答应他，立时三刻放弃一切随他海角天涯。如果是十七岁或许我会的，但现在我已经二十七岁，在以往二十七年间的辛苦挣扎中，他并没有出过半分力，又有什么理由要求我为他捐弃未来？我还至少在他七岁的时候把闯祸砸玻璃的他自彪形大汉手中解救下来并向他宣讲过一番大道理，他又为我做过什么呢？

仅仅租下常德公寓让我发思古之幽情或者请我喝咖啡时自备奶油是不够的。我要的比这更多。

楼下大门轻轻响了一声，沈曹从门里走出去。

我站在露台上看着他离开。他的背影挺直，寂寞而骄傲。

很少有男人连背影看起来也是这样英俊。那一刻我有冲动要奔下去对他说我们不要再吵架了，我现在就同你走，随便去什么地方。

但是电话在这个时候响起来，是子俊："锦盒，我今天才知道你辞职了，为什么瞒着我？"

"瞒着你是因为没想过要告诉你。"我没好气，"谁规定我辞职还要向你申请？"

"你知道我不是这个意思……"子俊发急，"今天有新片上映，请你看电影好吧？中午打算去哪里吃饭？要不，我陪你去城隍庙逛逛？"

难为了老实头裴子俊，居然一分钟里憋出三数种选择来。

我又不忍心起来，于是同他耍花枪："子俊，我不想再工作了，要你养我一辈子，天天看电影逛庙过日子。"

"天天可不行。每周一次怎么样？"

"两次吧。一次看电影，一次逛庙。"我调侃着，真真假假，跟子俊是什么样过分的话也敢随口讲出的，反正讲了也不一定要负责任。

同沈曹则不行。一诺千钧。每一言每一行都要斟酌再三才敢出口。两秒钟前和两秒钟后的想法是不一定的，只这眨眼的功夫，携手闯天涯的冲动已经过去，风平浪静，春梦了无痕。

正在挑选出门的衣裳，电话铃又响起来，这次是妈妈，大惊小怪地问："女儿，你辞职了？为什么呀？你以后怎么打算？"

"您怎么知道？"

"子俊来电话的时候说的。"

子俊这个大嘴巴。我暗暗着恼，也有些惊奇，没想到他和妈妈通话这样频密，真把伯母当丈母了？

"我觉得累，想休息段日子，另找份比较有前途的工作。"

"那样也好。有方向吗？"

"有几家公司在同我谈，我还没有决定。"

不是我想吹牛，但是让母亲安心是做子女的起码义务。

"阿锦，"妈妈的语气明显踟蹰，似乎犹豫着不知道到底要不要说，但最终还是说了，"我见到贺乘龙了。"

"哦，你们谈得怎么样？"我握紧电话，心里忽然觉得紧张。

妈妈的声音明显困惑："她很斯文，彬彬有礼，可是气场十足，和她在一起，我根本没有插话余地。"

可怜的妈妈。我只有无力地安慰："她来苏州只是路过，不会待很久的。她走了，你的生活就会回复正常，很快就会把这件事忘掉的。"

"可是你爸爸会忘吗？"妈妈反问。

我一呆，无言以答。

妈妈忽然叹息："要是你外婆在就好了。"

一句话，说得我眼泪都出来了。

接着"嗒"一声，妈妈挂了电话。而那一声叹息犹在耳边。外婆去了，爸爸的旧情人重新找上门来。二十多年前，贺乘龙第一次出现的时候，是外婆带着我筑起家庭长城；二十多年后的今天，贺乘龙又来了，这回替妈妈抵御外敌的，应该是身为女儿的我了吧？

可是爸爸呢？作为妈妈的丈夫，他才最应该是那个保护妈妈不受伤害的人呀。

我坐下来，开始给爸爸写一封长信，写他在我心目中的形象，写他与妈妈的数十年恩爱，写外婆对我们一家人长相厮守的愿望，写作为女儿的我对父母的祝福……

也许他和母亲数十年相守所累积的了解，加起来都不如与贺乘龙的一夕之谈，但是这几十年已经过了，实实在在地经历了，他不能抹煞。

任何人都不能否认已经发生的故事。

妈妈是爱他的，我是爱他的，他，当然也是爱我们的。我不相信爸爸会为了贺乘龙离开我们。

信写完，我认认真真地署下"您的女儿锦盒叩首"的字样，正打算找个信封装起来，电话铃又响了。嘿，辞了职，倒比上班还热闹。

这一次，是我的前老板："阿锦啊，你怎么说辞职就辞职了，你知道我是非常重视你的，你辞职，可是我们公司的损失呀。是不是对待遇有什么不满意呀？有意见可以提出来，大家商量嘛。不要说走就走好不好？同事们都很想念你，舍不得你……"

这一通电话足足讲了有半个小时，我并没有受宠若惊，如果我对公司真的有那么一点利用价值，也不值得老板亲自打电话来挽留。过分的抬举恰恰让我明白了，这一切只是因为沈曹的面子，而不是为了我。这使我越发庆幸自己及时脱离是非之地。

顾锦盒虽然没有什么过人才干，可是养活自己的本领足够，何劳别人遮护？又不是混黑社会，难道还要找个靠山老大罩着不成？

我对着电话，清楚明白地说："我打算结婚，所以不会再出来工作了。"一句话堵住他所有的说辞，可以想象彼端老板张成O型的嘴。

顾锦盒要结婚了，对象当然不会是沈曹，那么，我靠沈曹罩着的说法也就不攻自破。

明知这样做多少有些任性甚至幼稚，可是我受够了，再不想被人当做附属品看待。齐大非偶，裴子俊才是最适合我的平头百姓。

情场如战场

拾壹

"今晚别走了好不好？"

"好。"我痛快地答应。

子俊反而愣住，停了一下

说："天晚了，我送你回

去吧。我宁可自己后悔，

不愿让你后悔。"

这一天好戏连台，还在城隍庙淘到一张老片翻录的碟片《太太万岁》，可是心口时时似有一只重锤般郁闷。

不，不是为了老板或者阿陈，也不是为沈曹，而是为母亲。

我总是有点担心，并且犹豫是不是该回家一趟，反正辞了职，左右无事，不如陪陪母亲，替她撑腰也好。

可是一个失业的女儿，又有何腰可撑？

因而迟疑不决。

晚餐挑了豫园，照着克林顿访华的菜谱点了四冷盘四热盘枣泥饼和小甜包，一心将烦恼溺毙在食物中。

正犹豫着要不要与子俊商量一下回苏州的事，却听他说："明天我又要走了。这次是一个月。带什么礼物给你？"

"你会有什么好礼物？不过是花纸伞玻璃珠子。"我抢白他，话刚出口又后悔，赶紧找补，假装关心，"你不是说过最近会有一段假期吗？怎么又要走？"

但是子俊已经受伤了，闷闷地说："这次不是带团，是自驾车旅游。我报名参加了一个越野队，翻越神山。"

"神山？在哪里？"我假装感兴趣地说，"自驾车旅游是怎么一回事？"

"是很过瘾的，要经过资格认证才能报名参加。"子俊立刻又来了情绪，滔滔不绝地介绍，"我们各队员先飞到西安集合，租乘或自备越野吉普从丝绸之路起点出发，经历西夏王陵、内蒙额济纳旗的红柳胡杨沙漠黑水，再从敦煌经楼兰，过吐鲁番，天山天池，喜马拉雅山的希夏邦马峰和卓奥友峰，就到了神山冈仁波齐了，最高处海拔六千七百多米呢，然后从拉萨到青海、西宁、天水，最后回到西安。一路行程经过藏维吾尔回蒙哈萨克裕固族土族珞巴族等好多少数民族地区，保证可以替你搜罗到各种特色礼物。说说看，你最喜欢哪个少数民族的风格？"

　　"给我带些别致点的藏饰回来吧。"我强笑，不感兴趣地说，"其实只要变成商品，哪个民族的东西都差不多。"

　　"锦盒，其实你从没喜欢过我送你的那些小玩意儿是吗？"子俊沮丧地说，"我总是不会买礼物讨好你。"

　　我又后悔起来，唉，子俊的情绪太容易被鼓舞起来，也太容易被打击下去。明知道他是很敏感的，我又何必这样挑剔难以讨好呢？于是笨拙地遮掩："谁说的，你不知道我有多喜欢接礼物的感觉。只要是礼物就好了，说到底，银质相框和玻璃珠链有什么区别？"

　　眼看子俊脸色大变，我懊悔得真想把自己的舌头咬下来。嘿，真是不打自招，怎么竟把银相框的事也说出来了？这才叫越描越黑呢。

　　然而大凡年轻女子不都是这样的么——忙不迭地为了一些人痛苦，同时没心肝地让另一些人为了自己而痛苦。

　　我虽然没心肝，却也觉得歉意，忙替子俊撺一筷子菜："吃饭，

吃饭。"

不知这顿饭吃得有多累。

真不晓得那些花蝴蝶般周旋在半打男友间每天约会内容不同的女子怎么应付得来。真是人之蜜糖，我之砒霜。

子俊还在啰啰嗦嗦唠唠叨叨："我知道我是个粗人，老是弄不明白你，白认识了那么多年，可是你每次不高兴，我还是不懂得逗你开心……"

我说："这不是你的错。"

"可是我是你男朋友，让你开心是我的责任……"

"我不是你的责任。"我再次温和地打断他，"子俊，别把我看成一个责任，这个词有时候和包袱做同样解释。"

"包袱？什么意思？"子俊茫然，"可是锦盒，我从来没有把你当成一个包袱，你这么独立，有主见，连吃饭都要坚持我请你一次你便请我一次，我怎么会把你看成包袱呢？"

"我指的并不是经济上，是指……"我颓然，决定用简单点的方式与子俊对话，"我们是两个不同的个体，你先要顾着你自己，然后再顾到我。"

"我是粗人……"子俊有些负气地说，喘着粗气。

我苦笑起来："是，喉咙粗，胳膊也粗。"

这到底算是怎么一回事呢？本来子俊和沈曹都是对我很好的，可是现在他们两个人都在对我生气，反而要我低声下气地去劝抚。这算是怎么一回事呢？

我又开始羡慕起那些可以随心所欲地指使男人为了她们抛头颅洒热血的天生尤物来，她们随便一句话就可以让男人笑，也可以一句话让男人哭，才不会像我这样动辄得咎。

喏，眼面前就有一位这样的女子，坐在窗边台子上那位小姐，多么高挑美丽，她该是个幸运儿吧？

子俊也注意到了，他说："你认识那个女孩子么？她在看你。"

"是看你吧？"我取笑他，"美女看的当然是帅哥，她看我做什么？"

但是那小姐已经下定决心似的站起，并且朝着我们走过来。

我反而有些紧张，不明所以地看着她。

她穿着一件低胸缀满珠片的晚礼服，披着真丝镂花披肩，好像刚参加舞会回来，走路时款款摇摆，只几步路，也荡漾出无限风情。脸上的妆化得很严谨，走冷艳的路子，长眉高高飞起插入两鬓，眼影亮晶晶五颜六色——也许是我老土，其实只是一种颜色，但是因为闪，便幻成七彩。

我看得有些呆住。

她停在我身前，仪态万方地说："打扰一下，是顾锦盒小姐吗？我可以和您谈几句话吗？"

"当然，请坐。"我如梦初醒，其实是跌入云中。

子俊满眼惊奇地看着我们，兴致勃勃。这个好事的家伙，才不管要发生什么事，反正只要有事发生，他便莫名兴奋。

这世上有两种人，有故事的人，和看故事的人。而凡是不大容易有故事的人都喜欢看别人的故事。

这位黑衣裳的小姐显见是个有故事的人。

她骄傲华贵地笑着："我是DAISY。"

我点头，注意到她介绍自己时用的是"我是DAISY"而非"我

叫 DAISY"。通常这样讲话的人多半应该是名人，理所当然地认为对方应该知道 DAISY 是谁。

可是偏偏我孤陋寡闻，并不知道有哪位明星叫做 DAISY，并且喜欢摆这样一副埃及艳后的排场。

子俊这个没骨气的家伙已经忙不迭地递出名片去："我叫裴子俊，挂牌导游。"

"导游，一个永远在路上的职业，多么浪漫。"DAISY 小姐风情万种地笑，向子俊抛去一道眼风。他立刻晕眩，眉毛眼睛都错位。

我暗暗有气，对这位气势凌人的 DAISY 小姐毫无好感，故意冷淡地回应："我是顾锦盒，这你已经知道了。"

别说我小气，争一时口舌之利。谁叫我不知道这位可能是名人的 DAISY 的大名，而偏偏她知道不是名人的我的名字呢。敌暗我明，这种感觉实在让人不舒服。

这时候邻座有小小的骚动，接着一个中年男人走过来，大惊小怪地天真着："哎呀，原来您就是 DAISY 小姐，难怪一进门我就觉得眼熟呢！您本人比电视上还漂亮！我能和 DAISY 同一个饭店进餐，这可真是，真是……"他在口袋中掏来掏去，大概是想掏出个签名本子，但是这年代又有谁会把纸笔随身带着的呢？

DAISY 显然经惯了这种阵仗，居高临下地笑着，像启发小学生一样提示："签名不一定非要写在纸上的。"

"啊，对，就是，就是。"于是那男人又开始解西装扣子，大概是想把里面的白衬衫脱下来。

我失笑，这可真有些恶俗了，这位 fans 看上去总也有四十出

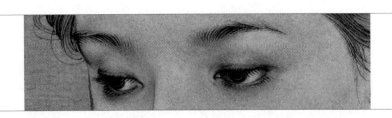

头了，竟然还想模仿狗仔队疯狂追星？这可是在公共场所呀。

DAISY 大概也觉得了，再度提醒："这领带好别致，是今年最新的款式呢。"

那老 fans 受宠若惊："DAISY 小姐这么高品位，也觉得这领带好？对，对，要不就签在领带上吧。"他呼噜一下子把领带生扯下来，整张脸涨成通红。

我看着 DAISY 不知道从哪里变出一支派克签字笔来，龙飞凤舞地将名字签在那条领带的内侧，然后巧笑嫣然地奉还，整个过程犹如一场戏。

这时候倒又不觉得子俊有多没出息了，他的表现至少还是一个正常男人的惊艳，不会像那老 fans 般失态失仪。但是也许是因为他不知道 DAISY 名头有多大的缘故。

DAISY，我苦苦地在脑海中搜索着这个名字，却仍然没有印象。

扰攘一回，那老 fans 心满意足地归了座，DAISY 坐下来，淡

淡一笑，并没有发出诸如"没办法，到处遇到这种事"的感慨，由此反而可以看出她的确是经惯历惯。

我不由对她多了几分敬意。

DAISY这才开始正式自我介绍："我是Model，不常回国，平时到处飞，有空时多半耽在伦敦，我喜欢那里的雾。"

我心里有些分数，却仍然不说破。但是脸上已经不能控制地挂下来，阿陈说沈曹另结新欢，这便是真相了吧？

有一种冷从脊背悄悄爬上来，一直爬上头顶，冻僵了整个面孔，再慢慢压下来，压在心头。我看到自己放在桌子下的手，竟然在轻微地发抖。

子俊全然不知，只由衷地欣喜着："原来你是国际模特儿，可惜我不常看服装表演，而且就算看也分不清台上的人谁是谁。说不定我看见过你表演的。"

DAISY有些失望于自己引起的轰动效应不够热烈，进一步说："我和沈曹是多年的拍档，听他说起你……们。"

多年拍档？这么说，我才是新欢，人家反而是旧爱？

子俊更加莫名其妙："沈曹？这又是谁？"

我苦笑，努力控制着使自己的口角平淡："沈先生是我们公司的客户。"

输就是输，已经不必在名头上与她一竞高低。

DAISY对我的不战而败似乎颇为意外，态度明显松懈下来，笑笑说："我看过你的照片，认出来，就过来聊两句。不打扰二位用餐了。认识你很高兴。"

"别客气。"我与她握手，她的手细腻温软，力度恰到好处，以至松开许久，还有一种温度依恋在手心。

根本她的一言一动、容貌身材，无不是照着完美标准刻画出来的。

有些人，天生是上帝的宠儿，她便是了。

看着她完全消失在门外，子俊还震荡不已，不能置信地说："我竟然和国际名模握手，嘿这可真是飞来艳遇。"然后他回过头来审我，"沈曹是谁？你的朋友？"

这小子总算不是太蠢，不会被美色冲昏头脑，居然这种时候还有分析能力用来吃醋。

我含糊地说："你觉得我有本事给国际名模做情敌么？"

"那可说不定。"子俊一腔愚忠地说，"除了名气外，我不觉得她哪点比你强。你的气质比她好多了，她的高贵是装出来的，你自然得多。"

我感动起来，面对男友这样的赞美，不知恩图报简直说不过去。于是学着刚才 DAISY 的样子做一个娇媚的笑："走吧，我去帮你收拾行李。"

在子俊的住处，我鲜见地仔细，把他出门的衣裳叠了又叠，一直念着别落下什么别落下什么，弄得他不好意思起来："我又不是第一次出门，只要身份证在身上，就算落下什么，也没什么大不了。"

"可是这次不一样，这次不是旅游，是冒险。"我担心地说，"你要去得那么远。要自己开车。还要翻山。神山海拔很高的，有心脏病的人说不定会在半山休克……"

"我没有心脏病。"子俊奇怪地说，"锦盒，你怎么了？我并不是第一次报名参加越野队，比这危险度更高的活动我也参加过，而且西藏也并不远，还没有巴黎远呢。人家DAISY小姐天天飞来飞去，不是比我危险得多。"

　　果然他也没有忘记刚才的会面，他也在心中记挂着DAISY和……沈曹。

　　想起沈曹我觉得刺心，抛下手中的衣裳站起来，将头靠在子俊肩上说："可是我不想让你总是这样跑来跑去，每天不是火车就是飞机，踏不到实地总是让人担心的。我不喜欢你做导游这个工作。"

　　子俊抱着我说："等我攒够了钱，就不再做导游了。"

　　"你不做导游做什么？"

　　"做老板，开旅行社，雇几个年轻力壮的小伙子来，让他们做导游。"

　　我笑起来。武大郎如果不用自己上街卖炊饼，就会想着开面粉厂，再大一点理想是弄个食品集团公司，再大就垄断面粉出品业……可爱的子俊，他永远是这么一根肠子不打弯的人。他永远不会想到要去发明一台时间大神穿越过去未来。

　　子俊在我耳边轻轻说："如果舍不得我，今晚别走了好不好？"

　　"好。"我痛快地答应。

　　子俊反而愣住，停了一下说："天晚了，我送你回去吧。"

　　我指着他笑："过这村没这店，你可别后悔。"

　　子俊看着我，满眼忧伤："锦盒，我现在就已经后悔了。可是我宁可自己后悔，不愿让你后悔。"

我的泪忽然流下来。

原来DAISY给我的伤害比我自己想象的深，原来子俊比我更清楚看到这一点，原来我是这样地爱着沈曹，爱到恐惧的地步，甚至不惜以委身子俊来帮助自己逃离爱他的念头。

妈妈比不过贺乘龙，我比不过DAISY，妈妈，我们母女两个，都失败了。

"十年。"子俊喃喃地说，"我等了你十年，每天都在想着你什么时候会答应我。现在我才知道，原来我一直没有等到你的心。但是锦盒，我不介意，我会继续等下去，等到你笑着，而不是哭着，给我。"

他的话，使我的泪流得更加汹涌。

"锦盒，我知道自己配不起你。但是我要你知道，在这个世界上，会有很多人比我好，或者比我更适合你，但是没有人会比我，更加爱你。"

"给我一点时间，子俊。"我终于说，"给我们彼此一点时间。我知道我对不起你，让你等了这么多年。但是我答应你，等你从神山上下来，我一定会告诉你最后的答案。"

西山嶺雪

In Search of
Eileen Chang

惘 然 记

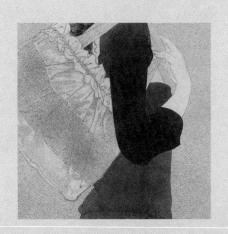

拾贰

我问张爱玲："你会后悔
么？"

"对已经发生的事说后
悔？"她反问我。接着自
问自答："我没有那么愚
蠢。"

她的坚持里，有种一意孤
行的决绝，是壮烈，也是
叛逆。

闹钟没有响，但是到了早晨六点钟，我还是自动醒了。本能地一跃而起，却又立刻想起自己已经辞职，不需要再赶公车按时打卡。

做惯了朝九晚五的母牛一只，不上班的日子，可做些什么呢？

我赖在床上不愿起来，起来又做什么？临摹一幅张大千的仕女？把淘来的旧画装裱？或者好好打扫一下房间，然后自给自足做个早点？又或者学那些不需上班的太太去发廊改头换面做个新发型？多么自由惬意！可是为什么我殊无快乐？

这个时候真有些责备自己的自闭性格，来上海这么久，居然连淘伴也没有一个。都是太挑剔的缘故。

或者可以挑个花开的时节嫁给子俊，然后的日子，晴几天，雨几天，就这样过掉一辈子。

只要年年有春天，结婚也不是那么难的。

这次子俊远行和往常不同，往常他带团出游，所走的路线都是固定的，到武夷山看三棵半大红袍，去九寨沟总要再跑一趟黄龙，到了桂林就是三山两洞，不用问我也算得出他哪一天该出现在哪一地。可是这次不，虽然有时间表，但是旅途几乎每天都有许多出人意料的事情发生，比如车子坏了，某个队员出现了高原反应，甚至和当地人起了冲突等等。所以我要他每天都打个电话回来报平安，而我也就好像跟随他的车队一起经历了丝绸之路，感触了楼兰古国，到达了冈仁波齐……子俊说，明天，就是他们翻越神山的壮举付诸实施的最关键的一天了。

当我正在冥想中随他一起攀登神山的时候，电话铃响起来，我几乎要欢呼，管他是谁，只要有人说话就好。

难怪那么多人每天张开双耳就到处寻找另一双耳朵交换新闻或绯闻，大抵和我一样，都是闲人。

电话是沈曹打来的，他说："我已经布置好了。"

"什么？"我一时没会过意来。

他说："你不是要见1947年的张爱玲吗？我已经调试好了，你什么时候过来？"

"马上来。"

我跳下床快手快脚地梳洗，一颗心怦怦跳，双重的兴奋和忧惧——既想见沈曹又怕见沈曹，既想见张爱玲又怕见张爱玲。

见到沈曹我说什么好呢？要对他提起DAISY的事么？对于我的爱的去向，可要向他要一个答案？

见到张爱玲我说什么好呢？开诚布公地同她讨论爱情的抉择，告诉她其实我来自21世纪的上海，见她好比是一场梦游？

沈曹见到我，立刻道歉："昨天向你发脾气，是我不好。"

我反而羞愧："不能怪你，是我自己心情坏。"

沈曹叹息："或许这便叫相敬如宾？"他拉住我的手，将我拉向他身边，凝视我，"锦盒，你对我疏远了。自从你外婆去世，你的心便远离了我。"

我的心？我自己可知道我的心到底倾向哪边？

沈曹说："和我在一起，你不再开心。除了放不下你的男朋友，还有对我不放心的缘故吧？"

我抬起头来，沈曹，哦沈曹，他总是这样能替我说出我最想说的话。在他面前，我好比透明，再纠缠的心事也可由他挥手拂开。而子俊却对我说，认识十年，始终不懂得我在想什么。

"昨天我遇到DAISY……"我终于说，"我给子俊送行，在饭店遇到DAISY，她说她是你的拍档。"

"也是旧情人，"沈曹坦白，"但是已经分手了。前不久我们在欧洲相遇，再度合作，接着她回国来配合我拍一组照片，不过只是工作，不涉及其他。锦盒，我最不喜欢的事就是向别人解说历史，但是你不同，如果你对我怀疑，我们两个都会很不快乐。所以你问吧，不论你想知道什么，我都会言无不尽。只要你肯相信，我说的一切是真的。"

"那么，我就什么都不必问了。"我轻轻说，心忽然变得轻松。沈曹哦沈曹，他可以一句话便将我送上天堂，也可以一句话便将我打入地狱。

这样热烈的感情让我自己也觉得惊惧。从小到大，我虽然敏感，却不是个冲动的女孩子，我倔犟，但冷静，多情，内向，处事低调，三思而后行。可是这段日子里，我的情绪却大起大落，一时拂袖辞职，一时痛哭流涕，一时突发奇想地要对子俊献身，一时又对着沈曹眉飞色舞。这一切，究竟是因为沈曹，还是因为时间大神？

曾经，我的生活多么简单、隐忍，一如每个写字楼里朝九晚五的小白领，仰人鼻息，得过且过。唯一的不同只是多梦，喜欢在稍有空闲的时候冥想，却从不敢奢望将理想付诸现实。

然而那一天，沈曹走进了我的办公室，对我谈起时间大神，许诺我可以让我见到张爱玲。

从此，他便成了我的神，我的信仰，我的理想。

子俊说过，这世上不会有人比他更爱我。然而我却明白，我不会爱任何人超过爱沈曹。

与沈曹要了太久的花枪，然而就像他说的，我们两个都会不快乐——不，岂止是不快，根本是剜心煎骨的痛苦。在这一刻，在这里，在张爱玲曾经生活过的地方，在时间大神的印证下，我清楚地看到自己的心，我不能再拖延逃避，我宁愿欺骗自己，都不愿欺骗心中的圣贤。

我诚恳地向沈曹表白："沈曹，即使我不明白自己，可是你那么聪明，了解，一定比我更清楚我自己。你甚至可以发明时间大神这样的奇迹来挑战宇宙历史，又怎么会不明白我这样一颗平凡的心。我不必问你什么，因为我相信你。同样地，你也不必问我要答案，因为你一定知道。只是，我和子俊十年，不是一朝一夕就可以分开的。如果把他从我的生活中剔除，我怕自己会变得不完整。"

"哪怕你千疮百孔，我也会细心地填平所有伤口，重新让你更加完整、美好。"他鲜见地严肃，一手拉着我，一手握着时间掣，郑重地说："我以时间大神起誓，今生今世，会诚心诚意地待你。天地间最能鉴别真心的，无过于时间。锦盒，对我有点信心，好吗？"

我眩惑地看着他，看着自己心目中理想的化身，心情激荡至

不能自已。

沈曹意气风发，豪迈地许诺："锦盒，你说过你和裴子俊交往十年，但是我可以向你证实，哪怕再过十个十年，我对你的感情，依然会和今天一样。不信的话，要不要我送你去六十年后看一看？"

还有什么可犹豫的呢？即使我们都不能看到将来，或者说，即使将来的结局未能如我们所愿，但是至少这一刻，他待我是真心的，不搀一点儿假，没有半分犹疑。惟其如此，他才敢于以时间大神来起誓，来鉴定我们的爱情。难道，我还要怀疑他，验证他吗？

爱情不是做验算题，预算一下结果是对的才去开始，如果飞越时间看到了不好的结局便及时未雨绸缪，停止于未然，那样的计较，不是爱情。

我摇头，眼泪随着摇头的动作跌落下来。"不要滥用时间大神。沈曹，我相信你。"

"锦盒，你还是在害怕？"他拥抱我，"你流泪，发抖，你担心时间大神让你看到的将来和我们想象的不一样？你害怕会看到我们分开，看到我伤害你，离开你，或者，六十年后，我已经灰飞烟灭？"

我用手去堵住他的嘴，在他的怀中哭得如风中落叶："沈曹，不要诅咒自己，不要拿生死开玩笑。"

不要拿生死开玩笑。外婆的死，使我明白世上的一切恩怨，没有什么可以高过生命的。我爱沈曹，我对自己这样坦白着，和子俊的十年感情并非虚假，但是即使十年相恋，也没有任何一刻会像现在这一刻，使我清楚地意识到我自己在爱着，而我爱着的人，是沈曹。

如果我从来没有认识过沈曹，也许我会嫁给子俊，婚后的生活，不会比现在更不相爱。

如果我不认识沈曹。

然而第一眼看到他时我便面红耳赤，那样的情绪即使是我十六七岁情窦初开最渴望爱情的时候都没有尝试过。当时我嘲笑自己发花痴，为此心情激荡良久，且在当晚梦见他向自己求爱，接着他忽然按门铃出现，所说对白与我梦中所闻一模一样……是命运吧？

一个人爱上另一个人，不会没有预示。人是万物之灵，遇到自己一生中最爱的那个人的时候，怎么会毫无知觉！

张爱玲初见胡兰成的时候，也是有过震动的吧？

我和沈曹双手互握，四目交投，深深沉浸在这种震荡中，心神俱醉。

这一日，我并没有去见张爱玲。

沉浸在爱河中的我和沈曹，不愿意有任何事情来打扰我们的相聚，哪怕是虚拟世界里的故人。

但是我们的生活，却在不知不觉中重演了张爱玲和胡兰成的情形——被沈曹拿来做道具的日本歌川世家的浮世绘画册，现在被我和沈曹把玩评赏着，当我们兴致勃勃地拥坐在织锦沙发上对着那些歌舞伎的裙袂飞扬评头论足时，谁又知道到底有哪一句话是张爱玲对胡兰成说过的，又有哪一幅画是胡兰成对张爱玲指点

过的呢？

　　茶案上紫砂白釉的品茗杯，盛着曾被用作小说题目的茉莉香片；香炉里袅袅燃着的沉香屑，是张爱玲的第几炉香？胡与张初相爱的时候，每天"男的废了耕，女的废了织"，只是说不完的喁喁情话，道不尽的感激欢喜。他把他的经历向她坦白，她把她的委屈对他诉说，他形容她的离家出走，比她做哪吒："哪吒是个小小孩童，翻江倒海闯了大祸，他父亲怕连累，挟生身之恩要责罚他，哪吒一怒，剐肉还母，剔骨还父，后来是观世音菩萨用荷叶与藕做成他的肢体。张爱玲便亦是这样的莲花身。"

　　怎样的相知？何等的赞叹？

　　难怪她会感慨："因为懂得，所以慈悲。"

　　有些人因爱而强大，有些人因爱而软弱。张爱玲，是哪一种？

　　夜已经很深了，我和沈曹却仍然手挽着手，沿着外滩久久地散着步，也有说不完的话，又觉得其实语言纯属多余，我们仿佛同时把自己分成了两个，一个自己在与对方用语言交流着，另一个自己却只用灵魂望着对方的灵魂，但是即使把我自己分成千万个吧，那千万个我，仍然只爱着一个他。

我对沈曹说："即使有一天，我们分开了，我仍然会记得今天，此刻，我们曾经深深地爱过。"

"但我们是不会分开的。"沈曹对我保证，"虽然说天有不测风云，不过我有时间大神，如果我在某个人生的路口错过了你，我一定会不惜代价，回到同一个路口，重新把你寻回。哪怕千百次重复自己的人生，我都不会厌倦，直到完整地和你同行一路，直到终点。"

没有一种诺言比这更加珍贵，没有一个人的保证可以比他更有分量。因为，他是神。

一个连时间都可以支配的人早已不再是个平凡的人，他是神！

我望着他，自觉低到尘埃里去，而心在尘埃里开出花来。"你喜欢我什么呢？连我自己都觉不出自己的优点，我不是特别漂亮，也不是特别聪明，甚至不是特别温柔或者活泼，真不知道自己有什么地方可以被你看上。"

"就是这一点，你一点都不觉得自己好，这才是中国女性最可贵的谦虚美德呀。"沈曹笑，接着动情地说，"在你的身上，有一种很特别的古典风情，是语言难以形容的。这是真正的与众不同，独一无二。我怎么舍得放过？"

但是为什么感动之余，我仍然觉得深深地忧虑？

"情不用极，刚强易折。沈曹，有时候，我觉得爱你爱到让自己害怕的地步。"我看着月光起誓，"沈曹，我没有你那么大的能量，没有你那么强的自信，我只敢对你承诺这一时这一刻，我深深爱你，心无杂念！"

　　一片云游过来遮住了月光，但是东方之珠的璀璨光芒仍然将夜幕照得雪亮。上海是个不夜城，既然人们可以用灯光挽住白昼的脚步，那么时间大神随心所欲地谱写历史也是有可能的吧？

　　"沈曹，陪我回一次苏州好吗？"我下定决心地说，"我想回家看看妈妈。"

　　"好，看看我能不能过关。"沈曹笑了，立刻明白了我的真正用意，"可惜不在吃蟹的季节。"

　　我们同时想起初次见面时那场关于蟹八件的谈话，不禁相视而笑。

　　他说："明天上午九点钟，你准时到常德公寓来，见完张爱玲就走。我买好车票等你。"

　　一夜无梦。第二天我准时敲响了常德公寓的门。

　　门推开来，虽然是白天，然而室内的光线暗得有些离谱。一个穿旗袍的女子背对着我站在窗口，阳光透过窗棂在她身周镀了一道依稀仿佛的光环。气氛里有一种难以言喻的忧伤。

　　"沈曹？"我呼唤，有些不安。这女子是谁？为什么会在这里？沈曹呢？他约了我来，为什么他却不在？他说过要买好车票等我的，难道忘了我们的苏州之约？

　　那女子听到声音，缓缓回过身来，看着我："你来了？"

　　我呆住，是张爱玲！

　　1947年，上海，常德公寓。我竟然直接推开门就走进了1947年。显然，沈曹又对时间大神做了些调整，让我用行动穿越了时间。

　　"是，是我。"我有些失措。每次都是这样，盼望得越强烈，见面反而越没有准备好似的张口结舌。

　　但是张爱玲显然知道我为何而来，不等我问已经淡然地说：
"我们分开了。"

　　我们分开了。她说的当然是胡兰成，爱侣分手原是人间至痛，
然而她的口吻宛如说昨天下雨了。

　　"我不知道你到底是谁，又是用什么方法一而再再而三地来
到这里。不过，我想以后我们不要再见面了。"

　　仍是这间屋子，仍是那个人，但是脸上的神采已经全然不见，
她立在窗前，形身萧索，脸容落寞。

　　"你不愿意再见到我？"

　　我无比失落。曾经，八岁的张爱玲软软地对我说："姐姐，
你是我的偶像。"十八岁的张爱玲告诉我："我因你而改名爱玲。"
二十四岁的张爱玲则说："姐姐，你为什么一直不老？"

　　现在，她对我只淡淡称"你"，如同陌路。她不再信任我。

　　我尴尬地嗫嚅："我知道一个人不可以介入另一个人的生活
太深，那样的交往只会使朋友产生隔阂。可是我总是不能够让自
己袖手旁观，明知你前面有难却不出言提醒。"

　　"但是在这不可理喻的世界里，谁知道什么是因、什么是
果？"她说，"你曾经警告过我不要见他，我没有听你的话。现
在，我们到底还是分开了。你看，提前知道自己的命运并不是什
么有益的事，该发生的一切还是会发生。这根本是命运，是天意，
是劫数。我们没有办法逆天行事，反而不如无知无觉的好。"

　　我问她："你会后悔么？"

　　"对已经发生的事说后悔？"她反问我，接着自问自答，"我

172

没有那么愚蠢。"

我震动，莫名地有一丝惊悚。

她的坚持里，有种一意孤行的决绝，有死亡的意味，是一个极度孤傲的人不肯对现实低头的执著，是宿命的悲哀，是壮烈，也是叛逆。

这样的女子，注定是悲剧。

对于注定要发生的悲剧，先知先觉，是双重的惨事。

所以她说："我们不要再见面了。"

她拒绝了我。曾经充满信赖地对我说"姐姐我崇拜你"的小爱玲长大了，今天，她拒绝了我。

她的眼光远远地越过我投向不可见的时空里，除了先知，我已经无以教她。

正如她所说："在这不可理喻的世界里，谁知道什么是因、什么是果？"

什么是因？什么是果？

"如果你可以重新来过，你会不会改写自己的历史？"我不甘心地追问，宛如一个问题多多的小学生。

"不会。"她断然地说，"事实是唯一的真理，事实就是已经发生了的事。即使是错吧，也不是每个人都会经历同样的错误。错过了，以后便不再错。修改历史，等于是重新面对自己曾经的错误，也就等于是重复错误。如果那样，为什么不干脆忘记，选择往前走呢？"

与其重新开始，不如从此开始。我愧然，这才是立地成佛的大智慧，大感悟。

　　然而这样的智慧通明，也并不能帮助她从此过上幸福的生活。我本来还想告诉她将来数十年的命运，让她知道将要经历的沟沟坎坎，好预先躲过。但是现在这些话都不必说了。

　　只为，我之所以会知道，是因为那些已经发生。而发生了的便是事实，无可改变。

　　这是命运，是劫数。

　　"不要再来看我。"她再次说，"不要希望改变历史，一切违背常理破坏宇宙秩序的做法都是有害的，会受天谴。"

　　"天谴？"

　　"你们中会有人受伤害。"

　　此刻的张爱玲对于我，倒更像一个先知。没有任何好奇心，没有恐惧和侥幸心理，有的，只是从容，淡泊，安之若素。她甚至不想知道我到底是什么人，通过什么方式来见她，也丝毫不关

心她将来还会经历些什么。她只是平静地告诫我："尽力而为，听天由命。"

尽力而为，听天由命。我深深震撼，这究竟是一份消极的争取还是一种积极的承担？

她的话里有大智慧，却不是我这个枉比她多出五十年历史知识的人可以轻易领略的。

"可是以后，我们真的就不再见面了么？"我低下头，深深不舍，"或者，你可以入我的梦？"说出口，忽然觉得无稽。面前的张爱玲，是一个与我同龄的活生生的人，可是我说话的口吻，却分明把她当成了一个灵魂。

灵魂。对于张爱玲而言，此刻的我，才真正是一具飘游的灵魂吧？

尘归尘，土归土，灵魂，归于何处？

我回到沈曹身边，抑郁不乐。同一间屋子，极其相似的摆设，然而光线亮了许多，我站在张爱玲"方才"站过的地方，承受着同一个太阳给予的不同光环，沉思。

"见到她了吗？"沈曹问，"莫非她不见你？"

我叹息，他真是聪明，聪明太过，以至于窥破天机。世人管这样的人叫做天才，然而又有个词叫做"天妒英才"。

所以张爱玲告诫我适可而止。

"她同我说，天机不可泄露，让我停止寻找她。"

"她这样说？"沈曹一呆，"记得那次你梦到她时，也说过这样的话。"

"是的。"我犹豫一下，还是实话实说，"沈曹，时间大神似乎不祥。"

"什么？"

"有件事，我一直没有告诉你……"

我于是将自己曾经私往常德公寓求助时间大神未遂，却在梦中相遇贺乘龙的事说给他。

沈曹的神情越来越严肃，他站起来，背剪双手，沿着方寸之地打起磨来。"你动过时间大神，却在梦里抵达了要去的时间，而梦见的却是事情的真相。这怎么可能？难道时间大神可以脱离仪器自行发挥作用，左右你的思想？那岂不是太可怕了？又或者他可以控制你的思维，激发你的意识潜能，使你可以自行穿越时光？"

不愧是时间大神的创造者，他立刻想到了事情的关键。

足足转了三五十圈，他蓦地停住："你几次拜访张爱玲，有没有对她说过时间大神的事？"

"没有。"我答，"过去是我不知道该怎么解释，怕说出来吓坏了她。但是今天，是她自己根本不想知道。她已经猜到了。"

"她猜到了，于是借你来警告我。"他又重新踱起步来，沉思地说，"一项试验的具体效果，至少要有参加试验的双方面都做出结论。现在她的结论出来了，你怎么说呢？"

"逆天行事的人会遇到不幸。沈曹，不如我们停止这项研究，放弃时间大神吧。"

"你要我终止自己的研究？"沈曹几乎跳起来，"可是你自己说过，时间大神是这个世界上最伟大的发明。"

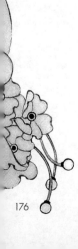

"我现在也会这么说。可是，伟大不代表安全，为了你，为了我们的将来，沈曹……"

　　"不要劝我！"沈曹仿佛在片刻间变成另外一个人，冷漠地拒绝，"我从来都不指望平静安全的生活。宁可轰轰烈烈地活着，燃烧一次又一次，我都不会选择平平安安地老去，一生没有故事。"

　　我说过：这世界上有两种人，有故事的和看故事的。而沈曹，是前者。

多少恨

一

拾叁

"我和你妈，决定离婚。"

我亲爱的父母，同甘共苦

三十年，举案齐眉，相敬

如宾，如今却还是要分开。

妈妈说："我同意离婚。

我嫁进顾家几十年，已经

累了。我的身体，我的灵魂，

都已经疲倦了。"

灵魂。这是我第一次听到

妈妈说灵魂。

"我和你妈，决定离婚。"

没有想到老爸会用这句话欢迎我的回家。

我看着他，仿佛不认识，眼泪滔滔地流下来，却没有一句话。

沈曹紧紧地握着我的手，也是一句话不说。

妈妈从我进门起就一直在张罗茶水，用一份近乎夸张的热情对沈曹说些欢迎的话，但是一旦寒暄完了就立刻借口开饭回避开来，以方便爸爸同我摊牌。

于是，爸爸就这样老着脸皮说出那残忍的两个字：离婚。

真没有想到，我会在向他们宣布同子俊分手而选择沈曹做男朋友的消息前，先听到他们向我宣告离婚。

我和父亲，竟然同时移情别恋。

自从接到妈妈告诉我贺乘龙重新出现的电话后，不是没想过可能发生的各种后果，但是总以为经历了那么多风雨的我的父母不会轻言放弃。同甘共苦，同舟共济，同床共枕，并且一同孕育了他们的女儿：我。总觉得这样的关系该是人世间最稳定的人际关系，最经得起世事考验的。

然而，他们到底还是要分开。

外婆用尽了心机，我写了那么长的信，可是他们到底还是要分开。

既然有今天，何必又当初？

三十年都过去了，三十年都忍了，为什么不可以再忍几十年，一生就平安大吉？

　　我看着爸爸，这叫不叫做晚节不保？

　　"你怎么对得起妈妈？"我哆嗦着嘴唇，努力了半天，也不过说出这一句老土的话来。也许，全天下的儿女在面对这样的消息时，也只会这一句对白。

　　"对我公平点好吗？"爸爸说，"锦盒，你已经是个大人，就快有自己的家庭，你应该已经很明白什么是爱。我这一辈子最爱的人，是贺乘龙，我们已经荒废了那么多年，现在老了，不能过几天自己想过的日子吗？"

　　"可是这样做，对妈妈公平吗？"我悲愤地控诉，"这三十年不是你一个人打造的，时间对所有人都是公平的，妈妈一样为这个家，为你，付出了青春岁月里最宝贵的三十年，你一句公平分手就把这三十年抹煞了？"

　　"但是你妈妈已经同意了。"爸爸板起脸来，"锦盒，我其实根本无需征求你的同意，告诉你这件事，只是通知，不是商讨。我们已经决定了。"

　　我们？妈妈同意了？我更加愕然。只是几个月，怎么什么都变了？妈妈变得这样面对现实，爸爸变得这样翻脸无情。这一切究竟是怎么回事？他说他真正爱的人是贺乘龙，可是如果一份爱情是以伤害家人为代价，那么这爱，是值得祝福的么？

　　"妈妈！妈！"我尖声叫起来，扎撒着双手，像迷路的小女孩，寻求妈妈的帮助。

　　我的心在提醒自己，要坚强，要镇静，现在最需要帮助的人，

是妈妈呀。可是我不能控制自己，身体剧烈地发着抖。

沈曹扶起我："阿锦，我们出去走走吧。"

"不，我要找妈妈，妈妈呢？妈妈呢？"我哭起来，无比委屈，不能相信自己看到听到的一切。这不是我的家，不是我的爸爸，我是怀着满腔的欢喜带沈曹回来见父母的，不是来听他们向我宣告家庭破裂的。

"阿锦，你还是出去走走吧。"妈妈走进来，手里兀自还拿着一只锅铲，腰间围着围裙，仍是那个在厨房里操劳了三十年的慈爱的妈妈，她说，"你出去走一走，饭就该好了。你从回来还没吃东西呢，饿了吧？"

妈妈哦，可怜的妈妈，当你用全部身心维系了三十年的家庭濒临破裂的时候，难道女儿还在乎一顿饭吗？也许，刚才她一直都躲在门外，听到了我们所有的对话。当她亲耳听到爸爸说他最爱的女人是贺乘龙时，妈妈哦，她该有多么心碎？

然而在妈妈的心中，放在第一位的，永远是女儿饿不饿，冷不冷，吃饭，是比离婚更重要的大事。

我握着妈妈的手："妈，爸爸说你同意了，这怎么可能？"

"我的确同意了。"妈妈微笑，可是有泪光在眼中闪烁，"阿锦，我嫁进顾家几十年，已经累了。我的身体，我的灵魂，都已经疲倦了，现在我什么都不想，只想安安静静地度过余下的日子，再不想争什么了。"

灵魂。这是我第一次听到妈妈这个安分守己的女人提到灵魂。她说她的灵魂疲倦了。那是怎样的一种绝望和无奈？

然而爸爸呢？他的灵魂去了哪里？当他为了身体和欲望驱使

抛家弃女的时候，他的灵魂会觉得安然吗？

"爸爸，你会快乐吗？"我问他，"如果你明知道在你笑着的时候，妈妈在哭，你曾经爱过的并且一直深爱你的妻子在哭，你会快乐吗？"

爸爸崩溃下来。刚才的坚强决断都是伪装吧？他是要说服我还是说服他自己？

"但是任何选择，都总会有人受伤，有人痛苦。贺乘龙已经痛苦了三十年……"

"所以现在你要妈妈接过痛苦的接力棒，痛苦后三十年？"我的口气越来越讽刺，在妈妈的眼泪面前，我不能平静，也忘记了尊卑和分寸，"爸爸，你真是公平，你何其伟大，让两个女人爱上你，为你平分秋色，哦不，是平分痛苦。"

"放肆！"父亲大怒，猝不及防地，他扬起手，猛地给了我一掌。

我呆住了。妈妈尖叫一声扑过来，痛哭失声。沈曹护在我面前，敌意地望着父亲，本能地攥紧了拳。而父亲，同样呆住了。

我们久久地对峙。

妈妈哭了，我没有。我看着父亲，重重点头："好！很好！这就是爱的代价是吗？因为你爱贺乘龙，所以你就可以令妈妈伤心，令女儿蒙羞。如果我不祝福你，你就会动用武力。从小到大，你从没有打过我，今天是第一次。父亲打女儿，天经地义。可是父亲为了一个外来的女人打女儿，你不觉得羞耻吗？如果你觉得这样做是为了捍卫你所谓的爱情，做得很漂亮很伟大，那么，你就去庆祝吧！带着你的女人，就着你妻子和女儿的眼泪开香槟去

吧！如果你连父性都没有了，你还奢谈什么爱情？！"

"阿锦，别说了。"妈妈哭着，"别再说了，你们吃过饭就回上海吧。我和你爸爸已经决定了，这几天就要办手续。你不要再管了。"

"好，我走，我现在就走！"我仇恨地看着爸爸，"既然我不能阻止，但是也不会祝福。如果你离开妈妈，请恕我以后再也不会承认你这个爸爸！"

我没有吃那顿妈妈含泪整治的家宴，那样的饭吃进肚子里，一定会得胃病的。

我和沈曹在月亮升起前赶回了上海。

沈曹在路上买了些快餐食品，陪我回到住处："本来想请你好好吃一顿的，但是估计你反正吃不下。不过，好歹随便吃几口吧，伤心填不饱肚子。"

我点点头，拿起一只汉堡，食不知味。

沈曹苦劝："上一代的事，让他们自己去做决定吧，做儿女的，原本不该太干涉父母的恩怨。"

"可那不是普通的恩怨，是要离婚呀。"我有些不耐烦，"你没听到吗？我爸爸说他爱上了别的女人，我怎么能置之不理呢？"

"为什么不能置之不理？"沈曹不以为然，"我不明白你为什么要反对你父亲同贺乘龙在一起？即使是父亲，他也没有责任要为你负责一辈子，他也有权利选择自己的爱情和生活。你没有理由要求他终生只爱你们一家人。"

我看着他。这一刻比任何一刻，我都清楚地意识到他其实是

一个外国人，不错，他是生着黑头发黄皮肤，并且说一口标准的普通话，可他仍然是一个外国人，不仅是国籍，还有意识。

也许这不是他的错，或者说这并不是错，但是无奈我不能认同他的意见，我是一个中国的女儿，是我妈妈的女儿，我不能冷静地看着妈妈的眼泪说爸爸有权追求他自己的爱情。

我沉下脸，反感地说："你先回去吧。我想自己待一会儿。"

沈曹也不高兴起来："锦盒，理智点，不要为了你父母的事影响我们的感情。"

"但是我身体里流着他们的血，这是无法改变的。你根本不会明白这种血缘至亲的感情！"

"我当然不明白！我不过是个弃儿！"沈曹怒起来，"你不必提醒我这一点，我是没人要也没人味的孤儿，没有亲生父母，不懂血缘感情，你不必讽刺我！"

我的心沉下去。

完了，我又碰触到了他最不可碰触的隐痛，激起他莫名其妙的自尊和自卑感了。

但是这种时候，我自己已经伤痕累累，难道还有余力帮他舔

伤口不成?

沈曹沈曹,我知道我自己是爱着他的,也知道他爱我至真,可是为什么,我们总是要在对方最需要安慰的时候不能相濡以沫,反而要在伤口上撒盐?

我烦恼地说:"我们不要吵架好不好?让我一个人静一静好不好?"

"对不起,是我打扰了你。"沈曹站起来便走,没忘了轻轻关门。

他是一个绅士,一个孤儿出身的外国绅士。我们的背景与教育相差十万八千里。虽然在艺术领域和精神交流上我们可以达到惊人的一致,可是一回到生活中的点滴感受,柴米油盐的人间烦恼上来,我们就完全成了两种人。

现在我明白自己为什么会长久地徘徊于他和子俊之间了,他们两个一个是天一个是地,而我,我在天地之间,是个贪婪的小女人。子俊前天来电话说已经到了冈仁波齐,就要翻越神山了,并说下了神山会给我打电话,可是到现在都还没有跟我联络。他到底翻过神山了没有呢?

这十年来,他和我的家人厮混熟惯,早以半子身份出入自如。对于家庭破裂所带给我的痛苦震撼,他一定会感同身受。在这种时候,我多想和他商讨一下我父母的事情。即使不能有所帮助,至少也可以彼此安慰。

可是为什么,就连他也没有消息了呢?

反正睡不着,于是翻出《太太万岁》来,一夜看了三遍,天也就慢慢地亮了。

窗子开着，怀旧的气息随着夜风清凉无休止地涌进来，渐渐充满了屋子，是一种介于木樨和皂角之间的味道。

这是张爱玲编剧的第二部片子，当时的反响相当大。片中的太太机智活泼，任劳任怨，既有中国劳动妇女特有的委曲求全，又有上海女子特有的精明世故，她帮助丈夫骗父亲的钱，又帮他躲过情妇的勒索，为他做尽了一切可以做的事，但是她最终选择离开他。

我觉得伤心，我妈妈也为父亲付出了一辈子，如今也终于决定同他分开。为什么？

既然决定离开一个人，为什么还要坚持再为他做最后一件事？这样的潇洒，究竟是因为不爱还是太爱？

有人说过，世上无故事，所有的传奇都不过是略微变化的重复。

我母亲重复了张爱玲笔下的太太。我在重复谁？

天快亮的时候，终于有了睡意。

蒙眬中，我看到自己变成了一个八九岁的小小女孩，蜷缩身子，双手抱着自己的肩，因为担心失去完整家庭而嘤嘤哭泣。

自己也知道是在做梦，并且觉得唏嘘，唉，连梦里也不能停止伤心。

门推开来，一个年纪相仿的小女孩走进来，拉住我的手："锦盒，锦盒。"

那女孩子唤我，仿佛是一位极熟稔的小伙伴："顾锦盒，你为什么哭？"

"我爸爸妈妈要离婚了，爸爸将离开我。"

"哦那没有什么。"那女孩也不过八九岁样子，可是言谈神

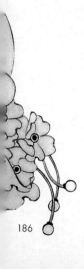

情成熟得多，"我父母也离婚了。妈妈离开我。"

"那更加不幸。"我同情地说，"那你怎么办？"

"我决定离家出走，投奔姑姑。"

梦到这里戛然而止。我惊醒过来，手脚冰凉。不用说，梦里的女孩子当然是张爱玲，却又不是真正的张爱玲。无论什么年龄的张爱玲，都不可能与我那样说话。

但是她的身份经历，却又分明是小小张瑛。

我心里约略有点觉悟，这不仅仅是一个梦，而是一个暗示。有某种意志借着张爱玲的身份在提醒我，如果我继续使用时间大神一再寻找张爱玲的身世，那么我自己的生命轨迹必将受到影响，就像月亮影响潮汐，发生某些冥冥中不可预知的重合。

不知不觉间，我在重走张爱玲的路。

外婆的去世，贺乘龙的再度出现，爸爸提出离婚……这一切，同时间大神，究竟有什么关系？

在我遇到沈曹的晚上，曾经梦见张爱玲对我说，违背天理的人会受天谴。也许，那时便是一个警告了。而我不听劝诫，一而再再而三地穿越时光，妄图改变历史，却没想到，已经发生的事再难改变，而我自己的生活，却完全被打乱了应有的秩序，在发生着翻天覆地的巨大变化。

这一切的悲欢离合，莫非皆是因为我逆天行事，庸人自扰？

起床后，我径自去了子俊服务的旅行社。是阴天，一块铅样的沉。

我知道旅行社同子俊报名参加的西安自驾车的公司有联系，

他们一定会知道子俊现在在哪里。

然而，结果却令我震惊莫名："对不起，我们同他们失去了联络。"

"失去联络？这是什么意思？"

"从昨天起，团友和总部的联络讯号突然中断了，气象局报告分析里说，昨天晚上，神山上发生了一起雪崩，目前西安总部正在设法联络高山救生组织……"

我忽然听到一阵奇怪的耳鸣，仿佛缺氧般窒息——那是子俊在雪崩后的汽车里所感受到的危境吗？

旅行社经理走出来，这以前我陪子俊参加公司庆祝会时见过面的，看到我，他满脸同情地说："顾小姐，你放心，我们每天和西安自驾总部都有联系，一有消息他们会立刻通知我们的，到时我一定第一时间打电话给你。"

我点点头，泥塑木偶地站起来，行尸走肉地走出去，仿佛思想和灵魂都已经被抽空了。

天不知道什么时候下了雨，但我已经顾不得了，径直走进雨中。子俊，多少年来，不管我们怎么吵怎么闹，可我总是对你笃定的，自从那次你自苏州追我到上海，我们就再也没有分开过，不论你走出多远，我都清楚地知道你在哪儿，不论我走出多远，我也知道，回头时，你一定仍然站在那儿。可是现在，现在你在哪儿呢？怎么突然之间，我对你竟然毫无把握？子俊子俊，给我一点启示，给我一言半语，告诉我你仍然平安，你仍然健康，告诉我啊！

"顾小姐！"身后有人追上来。

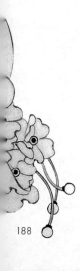

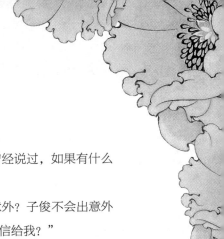

我木然地站住，回头。

是那位经理："我差点忘了，裴子俊曾经说过，如果有什么意外，请我把这封信交给你。"

"意外？"我忽然崩溃下来，"什么意外？子俊不会出意外的！他为什么这样说？他为什么会留下一封信给我？"

"顾小姐，你千万别担心，只是以防万一的。登山运动有一定的冒险性，所以通常团员会在出发前留一封信给亲人，只是一种形式。"

"可是，子俊他，他……"

"他不会有事的。"那经理担心起来，"顾小姐，你要去哪里？我送你吧。"

"不用了，谢谢。"

雨下得又急又密。我失魂落魄地走在雨中，漫无目的，连那封信也忘了拆，或者说，不敢拆。

子俊说他如果有什么意外，就把这封信交给我。换言之，在某种意义上，这封信相当于一封遗书。遗书，我为什么要拆看子俊的遗书。他明明没有死，他不会有事的！我要等他回来，等他

回来同我一起拆看这封信，那时候，我会嘲笑他的语法，说不定还可以找到几个错别字来奚落他。

天没完没了地哭着，和着我的泪一起流淌，不知不觉，又来到了常德公寓。

原来，我已经走了很久很久了，也已经走得很累很累了。

站在张爱玲的故居——我心中的圣地，站在时间大神下，我软软地跪了下来，不由自主，双手合十，宛如拜谒神祗，悲哀地祷告："告诉我，告诉我应该怎么做？"

依稀仿佛，我听到张爱玲的声音："我们不要再见面了。"

我哭泣失声："你要求过我，不要再使用时间大神去见你，可是，我需要你的帮助，你也答应过，愿意入梦。现在，请你入我的梦，告诉我，我该怎么办？怎么办？"

张爱玲在冥冥间凝视着我，悲天悯人，轻轻叹息："半个世纪以前，你劝我不要见胡兰成，我没有听你，酿成一生的错；今天，我也请求你一件事，希望你能应承我。"

"什么事？"

"毁掉时间大神。"

"什么？"我惊怔，不敢相信自己的耳朵，不敢确定自己的理解，毁掉时间大神？

"毁掉时间大神。"张爱玲肯定地说，"世上的事都有一个本来的发展规律，谓之道。这就像日月星辰自有其运转轨迹，江河山脉自有其起伏涨落，然而时间大神主张人定胜天，随意颠倒秩序，斗转阴阳，这就改变了宇宙的秩序。只要时间大神存在一天，万事就不由天意，不遵其道。意外将会接二连三地发生，无论是

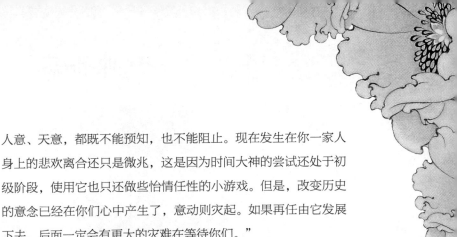

人意、天意，都既不能预知，也不能阻止。现在发生在你一家人身上的悲欢离合还只是微兆，这是因为时间大神的尝试还处于初级阶段，使用它也只还做些怡情任性的小游戏。但是，改变历史的意念已经在你们心中产生了，意动则灾起。如果再任由它发展下去，后面一定会有更大的灾难在等待你们。"

忽然，《倾城之恋》里的句子鲜明地突现在我脑海中，如江河滚过，滔滔不息："**谁知道呢，也许就因为要成全她，一个大都市倾覆了。成千上万的人死去，成千上万的人痛苦着，跟着是惊天动地的大改革……传奇里的倾国倾城的人大抵如此。**"

《倾城之恋》，曾被我视作最旖旎精致的鸳鸯蝴蝶梦，但是这一刻我忽然意识到，那不仅仅是男欢女爱，不仅仅是调笑言情，轻描淡写巧笑嫣然的字里行间，隐藏着的，是一段最可怕的末日预言。

明明是人生最快乐风光的得意之秋，张爱玲却在自己的成名作里为上海的将来做出了鲜明的预示，泄露天机。是以，她未能于她深爱的上海终老，而独走异乡，孤苦一生。

狂人在中国五千年历史里读到的只是"吃人"两个字，我从张爱玲小说里体会到的却是"毁灭"。毁掉时间大神，停止逆天行事，我要不要听她？

她的旨意化作千万声唱喝在我脑际鸣响："毁掉时间大神，毁掉时间大神，毁掉时间大神！"

与这声音交相呼应的，是一行行咒语般的文字："成千上万的人死去，成千上万的人痛苦着，跟着是惊天动地的大改革……"

我捂住耳朵，痛苦地叫起来……

一曲难忘

拾肆

我站在时间大神的残骸间

泪如雨下。

明知道毁灭时间大神，我

的爱也就走到了终点，却

依然不能停止。

这是最后的华尔兹。当曲

终人散，我也就永远与你

分开，永不再见。

然而沈曹，我是真的爱你。

子俊的信，终于还是拆开了，在时间大神的凝视下，徐徐地，徐徐地，展开。子俊熟悉的笔迹跃然纸上，触目惊心，那封信，写于我们分离的前夜：

阿锦：

　　当你看到这封信时，一定是我出了意外——晚上，当你终于对我说愿意留下来陪我的时候，我忽然有了一种不祥的预感，觉得这一夜，便是同你的诀别了，所以，我要写这封信给你……

只看了这一句，我已经忍不住失声痛哭了。这又是一个预知未来的噩梦，可是既然他已经有了预感，却为什么还要去参加那次冒险？预知而不能逃避，那又何必知道？子俊，你为什么这么傻，为什么？

　　……锦盒，如果我不能回来，你一定不要等我，也不要太伤心。在你面前，我原本就是一个蠢笨的、可有可无的人。我总是不能明白你的心意，不能带给你惊喜……

不！不是的！子俊，回来！你不是可有可无，你对我比你自己所知道的更重要。你明知道我在等你回来，送我竹纸伞，送我蜡染的裙子，送我伪造的古画，送我许许多多可爱的小东西……你答应过要给我挑选许多精致的藏饰，你怎么可以让我失望？我不需要惊喜，我只要笃定，笃定你的归来，笃定你的心意。你什么都不用说，我就知道你在想什么；你不用猜我在想什么，在你面前，我愿意保留秘密，保留让我觉得安心，觉得得意，觉得高兴，就算有遗憾吧，遗憾也是生活的一部分。我早已经习惯了你，我对你的了解，和你对我的不了解，我都已经习惯，我不要改变，只要你回来！子俊，我在等你，我不能忍受忽然之间你不再回来了，我不能想象以后的日子都没有你。子俊……

我痛哭着，呢喃着，语无伦次。如果子俊可以听得到，一定又会糊里糊涂了，他会摸着头发说："怎么你会习惯我的不了解你？我是很想了解你的。难道你不愿意让我了解你？"

想到他的傻相，我哭得更凶了，心撕裂开一样地疼。子俊，他的简单，他的憨真，他的执著和牛脾气，原来是这样珍贵的品性，早已刻进我的生命，生根长大，不能拔除。

有一种爱情叫心心相印，便有另一种爱情叫相濡以沫。

然而我却没有足够的智慧，来珍惜我的相濡以沫。

子俊，我对不起你！许多年来，你一直做错事一样地在我面前低着头，小心地自卑地嗫嚅："锦盒，我配不起你。"原来，配不起的却是我，是渺小的肤浅的我，配不起你深沉无私的爱。是我配不起你！

我抬起头，泪眼蒙眬中，时间大神在墙上对我静静张望，像一个神奇的传说，像一个巨大的惊叹号，它曾经带给我多少惊喜，

它拥有多么强大的难以估计的力量，人类发明了它，却无法准确地估量它驾驭它。

"毁掉时间大神，毁掉时间大神，毁掉时间大神！"那声音仍在对我命令。

是的，时间大神！一切的孽缘之源皆为了时间大神！是它泄露天机，是它改变现实，是它使一切事物脱离了应有的轨迹。如果不是时间大神，说不定外婆不会死，贺乘龙不会被我重新从记忆深处挖出来，爸爸妈妈也不会离婚！子俊，更不会突然失踪！

毁掉时间大神，毁掉时间大神，毁掉时间大神！

如果我毁掉时间大神，说不定可以救子俊，可以阻止爸妈离异，会不会？会不会？

忽然间，仿佛有一种力量推动我，不顾一切，举起椅子奋力砸向墙壁。

我既不是它的发明者，也不是它的驾驭者，但是，此刻，我却要做它的终结者！

时间大神轰然巨响，从墙上摔落下来，不过是一堆器械而已。

我想象会有爆炸声，会见血肉横飞，然而不过是一堆器械，仿佛小时候淘气拆开的表蒙子，看到钟表的芯，那掌握着宇宙间最奇妙的时间脉搏的神话内壳不过是几个齿轮和链条。

然而我仍然奋力地疯狂地砸着，将所有的悲痛和委屈尽情发泄出来。张爱玲说过，预知灾难而不能避免，那么又何必知道呢？

穿着件湿透的衣裳，站在时间大神的残骸间，我泪如雨下。

"毁掉时间大神，毁掉时间大神，毁掉时间大神！"

我毁掉了时间大神。

我亲手毁掉了自己心中的神祇，我所认为的这世界间最伟大的发明，我毁了它！

从小到大，我最大的奢望便是可以见到张爱玲，为了这个愿望，我从苏州来到上海，熟读张爱玲的小说，郁郁寡欢，苦思冥想。然后，借助时间大神，我终于达成自己的愿望，使梦想成真。

可是现在，我亲手毁掉了这圆我美梦的时间大神！

当我毁灭这世上最伟大的发明的时候，我深深地了解到自杀者的心态。每一个砸击就仿佛一道割腕，我毁灭的不是时间大神，而是我自己的青春热情，我的渴望和天真，还有，我的爱情。

以往是我错了，苦苦地一再试图改变既成事实的故事。然而，我能够确知我现在做的事是对的吗？

沈曹不会原谅我。我知道。但是知道一件事并不等于可以避开这件事。

我到底还是明知故犯了。

沈曹的反应比我想象的更加暴烈。他对我挥舞着手臂，似乎恨不得要将我掐死："你这个蠢女人！Shit！我用了多少年的时间来做试验，好不容易才达到今天的成绩。时间大神就好像我的儿子，而你竟然杀了我的儿子！不，你比杀人更加可恶！你这刽子手！"

他的英文混着中文，将全世界各种恶毒的话悉数倒水一样地

冲我倾泻下来。

然而我的心奇异地平静。

也许一个人绝望和伤痛到了极点的时候，就是这种平静了。

两个相爱的人，在什么情况下会彼此杀害呢？

现在我明白了。

我毁灭了他最心爱的东西，而现在，他恨不得毁灭我。

明知道将来会叫自己后悔的话何必要说呢？可是忍不住。

我知道沈曹明天一定会为他自己这些恶毒的诅咒而羞愧，而且我知道他自己一定也知道，但是知道又怎样呢？我知道他会因为我毁掉时间大神而恨我，可我还是要做；他知道我们的关系会在他源源不绝的咒骂间灰飞烟灭，然而他不能停止。

经过这样的彼此伤害后，再相爱的人也不能再走到一起了。

这是我们共同都知道的，就像我们都知道自己将来会有多么后悔和惋惜，可是我们都不能不做。

这就是天意，是劫数，是命运。

情深缘浅！

我伤神地看着他，等待他从盛怒中冷静下来，我已经被他的诅咒伤得千疮百孔，然而我知道这诅咒是一柄双刃剑，当他使用这剑对我劈刺的同时，他自己，也一定早已伤痕累累。

"子俊失踪了。"在他咒骂的间歇，我绝望地插进一句。

他的怒火突然就被压住了："子俊？失踪？"

"他报名参加自驾车越野队，可是在翻越神山时遇到雪崩，现在没有人可以联系到他们，没有人知道他们在哪里，他们找不到他……"我麻木地说着，不知道为什么要告诉他这一切。可是

如果再不说出来，我会发疯的。

"别怕，"沈曹安慰我，"我们可以借时间大神去看一看，他们到底发生了什么事……"

话说了一半，他再次意识到时间大神已经被毁的事实，怒火重新被点燃起来："看看你这个蠢女人到底做了什么该死的事情？如果时间大神在，我就可以穿越时空去看看他们在哪里，即使不能阻止雪崩，也可以阻止他们上山，或者至少告诉救援队现在该做些什么。可是现在，你把什么都毁了，真不知道什么魔鬼驱使了你，让你做出这样疯狂的行为！"

如果没有时间大神，也许子俊就不会失踪；如果没有毁掉时间大神，也许我现在就可以知道怎样营救他们。

在这不可理喻的世界里，到底什么是因？什么是果？

我绝望地站起来，走出去，留下喋喋不休的沈曹，不，我不

要再听到他的谴责和斥骂了，一切已经发生，无可挽回。

我已经很累了。就像妈妈说的，我的身体，我的灵魂，都已经疲倦了。

爱，竟然可以使相爱的两个人如此疲惫……

夜晚我翻看沈曹摄影集，看至泪流满面。

沈曹记录的都是天地间最瑰丽而奇异的色彩，玫红、溪绿、咖啡棕、夜空蓝，柔和清冷，带着一种温软的伤感，宛如叹息。

他的为人犀利飞扬，棱角分明，可是他的摄影，却多喜欢采取中间色。星子和树枝和谐共处，昼夜只在一线间，含着一种至大至深的包容感。

还清楚地记得那日陪子俊逛超市，经过书架时，一转身，碰落这本书……

人生的道路就此不同。

另辟蹊径，还是误入歧途？

但我终于经历了真正的爱，并因爱而分手。当我们因为爱而彼此谩骂伤害的时候，我的心痛是那样地深重尖刻，让我清楚地知道，今生我不会爱另一个人比他更多。

我还没有来得及告诉他那个关于白衣天使的秘密，那个秘密，将永远藏在我的心底。

无论如何，我毕竟曾经为我深爱的人做过一些事，曾经得到他不明真相的衷心感激。他是那样一个孤苦伶仃然而倔犟聪慧的孩子，我曾在心底发誓会一生一世地守着他，填平他童年的伤口。

但我未能做到。

如今他再也不会愿意见到我。

想到与沈曹永不再见令我心痛如绞。

然而如果这样可以换得子俊的归来，如果让子俊活着的代价只能是我与沈曹的分手，我愿意。

可是子俊，子俊他现在在哪里呢？

在这个被泪水浸透的夜晚，我对沈曹的爱有多深，对子俊的想念和负疚便有多么强烈。

想到与子俊的十年相爱，他的不设防的笑容，他一贯的慌张和鲁莽，我泣不成声。

连梦中也在哭泣。

对面的人依稀是张爱玲。

我问她："我照你说的，毁掉了时间大神，可是我也毁掉了自己的爱情。我爱他，可是为什么我会做一些伤害他的事？我明知道自己会激怒他的，明知道我们会因此分手，明知道我自己不舍得离开他，为什么还要那么做？"

我知道自己是在做梦，可是我不管，我太孤独太悲哀，不能不找一个人与我分享。

有个声音回答我："这是命运。"

这是命运。谁？谁的声音？是张爱玲？是时间大神？还是我自己的心，以及潜藏在我心底的巨大悲哀？

"就像我也明知道爱上胡兰成是一种灾难，明知道我们的婚姻不会长久，但我还是嫁给了他。你曾经问我会不会后悔，现在我告诉你，不会。因为，爱只是爱本身，爱既是过程，也是结果。

200

只要爱过，就已经足够了。"

"但是我们还会在一起吗？"

"你更希望和沈曹在一起，还是更渴望裴子俊回来？"

"我希望子俊回来。"我毫不犹豫地回答，"生命是高于一切的。虽然有人说爱情比生命更重要，但是如果没有生命为载体，爱情又是什么呢？"

"如果不是时间大神，你根本不会认识沈曹，也就不会有今天的选择。现在你毁掉了时间大神，也许你的生活会回到原先的轨迹里去，没有什么可遗憾的。"

"你可以说得更清楚些吗？到底裴子俊会不会回到我身边？"

"你还是这样……"张爱玲忽然笑了，"又来了，你仍然总是希望预知将来的结局。但是，你会因为预知结局而改变自己的心意吗？"

我踟蹰，患得患失。哦我实在是个贪心的小女人。

度日如年。沈曹在太阳落山时打电话给我："我已经答应房东明天交还公寓钥匙，今天是最后一晚，你要不要来向张爱玲告别？"

我忍不住闭了闭眼睛，告别？真正要告别的不是梦中的张爱玲，而是现实里，明明相爱却不得不分开的我们。

当年张爱玲诀别胡兰成时，也是这般地锥心裂腑么？

那时他们事实上已经分开很久了，逃亡前夕，胡兰成悄悄地回来过一次，他们分屋而眠。晨露未晞，鸡鸣未已，胡兰成俯身向睡中的张爱玲告别，她伸了两手搂住他的脖子，哽咽："兰成。"但他忍心地掰开她的手，就此离去……

然而张爱玲说她不后悔。爱只是爱本身，爱既是过程，也是结果。她遇到他，爱上他，嫁给他，最终分开。即使结局并非白头偕老，又何尝不是一次才女与浪子的完美演出？

好高人愈妒，过洁世同嫌。她的境界，是早已达到了高处不胜寒的孤清，然而有他懂得她，使她觉得明亮。即使那一星萤火不能取暖吧，但她终也曾经历过、得到过了。

我终于再一次走进常德公寓。

没有了时间大神的公寓房间也就是一个普通的居家房间了。家具都已经搬空，连那盆水仙花也搬走了，房间里空荡荡的，只在一个显眼的位置里摆着那台老旧的留声机，唱的，仍然是我第一次见到时间大神时的那支歌："我等着你回来，我等着你回来……你为什么不回来，你为什么不回来，我要等你回来……"

原来早在我第一次启用时间大神时，就已经注定今天我会充分理会这支歌的精神。

我在等待子俊归来。

沈曹换了一张唱片，对我伸出手："跳支舞吧。"

我一愣，看着他。他下腰做了个邀请的动作，说："只是一支舞。"

留声机里奏出华尔兹的鼓点，我走上前，将手搭在他的肩上。我们慢慢地舞，慢慢地舞，轻快的华尔兹曲调，被放慢了节奏来跳，让音乐和舞步隔成两个时空。

心在音乐中一点点地融化，这是我们之间的最后一支舞吧？告别之舞。

"锦盒，我有裴子俊的消息。"

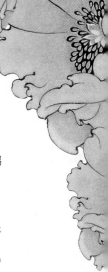

"什么？"我愣住，停下了脚步。

沈曹哀伤地看着我，明明在笑，可是眼中满是绝望和痛惜："锦盒，你心中最重要的人，仍然是裴子俊，是吗？"

我低下头，不能回答。

沈曹继续说："我知道你关心他，所以我通过各种关系打听他们的消息，你放心，他没有事，只是被雪崩阻在山上了，通讯系统也摔坏了，所以暂时与总部失去了联络。直升机救援队已经找到他们，很快就有消息来了。"

有铃声响起，沈曹走到窗台边，取过一台手提卫星电话，只听了一句，立刻递给我："果然来了，你来听。"

我一时不能反应过来，只茫然地接过，怎么也没有想到，彼端传来，竟是子俊的声音："锦盒，锦盒，是你吗？"

"子俊！"我大叫起来，泪水夺眶而出，"子俊，你在哪里？"

"我还在神山上，刚和直升机救援队接上头，明天就可以下山了。我已经决定中断旅行，我下了山就订机票回上海，锦盒，我想见你！"

"我也想见你……"忽然，无比的委屈涌上心头，我哽咽起来。

子俊小心翼翼地问："锦盒，你哭了？别哭，别哭。你放心，我一定会安全回到你身边的。你不是还答应过我，等我从神山下来，你要告诉我答案吗？等不到你的答案，我绝对不会放弃的。"

"是的。是的。"我哭泣着，"子俊，我答应过你的事，一定遵守。"

"那么，你愿意了吗？你愿意嫁给我吗？"

那边传来"喳喳"声，是信号受到干扰，依稀听到有人提醒子俊要中断通讯，但是子俊不肯，还在大叫："锦盒，锦盒，回答我！"

我仿佛可以看得到鲁莽的子俊躲过救援人员抢着说电话的样子，不禁含泪笑了，大声说："子俊，我答应你，等你下山，我们就结婚。我答应！"

电话到此中断了。而我仍拿着已经没了信号的卫星电话呆若木鸡，眼泪汩汩地流下来，不能自抑。

沈曹走过来，哀伤地问："锦盒，你已经决定了？"

我点头，绝望地点着头，不能回答。

沈曹，沈曹，我们要分开了。谢谢你替我找回子俊，我即将嫁作他的新娘，我同你，就此缘尽！

沈曹伸出双臂，轻轻抱住我："来，我们的舞还没跳完呢。做事不可以这样有始无终。我不想将来回忆的时候，连支完整的舞都没能同你跳过。"

他笑着，可是比哭更令我心碎。

女人可以幽怨，然而男人必须隐忍。我知道他的心里一定比我更难过。

我流着泪，看着这个我一生中最爱的男人，音乐仍在空中回响，我们重新握起手来，坚持跳完这最后一支舞。

最后一支舞。当歌阑人散，我的爱，也就走到了终点。

明天，子俊将归来，我将回到自己原先的生活轨迹中，结婚、生子，与沈曹永不再见。

华尔兹在空气中浮荡，心是大年夜里守岁时的最后一根红烛，欢天喜地地，一寸寸地灰了。

　　而年终于还是要过去，新的辰光无可阻挡地来了。

　　我心疼得站立不稳，身子颤栗如秋叶。沈曹握着我的手，我们十指相扣，却仍然好像隔着什么，是两块石头碰撞在一起。

　　终于，他将我轻轻一拉，我整个人倒伏在他怀中，泪如抛沙，止也止不住。

　　"沈曹，我谈了十年恋爱，只有一个男友，也许是我潜意识里不甘心吧，想多一次选择。谢谢你给了我这个选择的机会。"

　　"我却是谈了十几次恋爱，从没有试过专一地对待一个人。我很想主动地坚决地追求一次，我也要谢谢你，给了我这个专一的理由。"

　　这是我心里的话，可我颤抖得发不出声音。不过，就算我没有说出口，他也会明白，就像我也已经听到了他的回答一样。

　　沈曹，他永远是这样，每一句话都能够轻易而深切地打动我的心。

　　然而我与他，只能分开，永不再见。

　　永不再见。

　　有什么比心甘情愿地与自己最爱的男人说再见更让人悲痛欲绝的呢？

　　我们到底未能跳完那支舞。

　　疼痛使我寸步难言，没了尾巴的人鱼公主踩在刀尖上舞蹈的痛楚也不过如此。

　　我紧紧地抱着他，泪水渗进他的外套里，多少年后，当往事随风消散，这外套，依然会记住我曾经的伤痛。

　　沈曹，沈曹，我是真的爱你！

散戏

　　小说到这里就完了。

　　可是故事又好像没有完。

　　在草稿里，本来应该还有一个不短的结尾，写到顾锦盒母亲的死——顾夫人是因为自己得了绝症，才会痛快地答应离婚的，她此前说过："我嫁进顾家几十年，已经累了。我的身体，我的灵魂，都已经疲倦了，现在我什么都不想，只想安安静静地度过余下的日子，再不想争什么了。"

　　这其实已是临终遗言。

　　可想而知，当她知道自己不久人世时的悲痛彷徨，那该是她最渴望亲人援手的时候，可是同一时间，与她同甘共苦三十年的丈夫并没有半句安慰温存，相反，他向她提出离婚，陷她于无助之地。

　　她的病，未必完全没有转机，可

是她却选择了放弃，放弃婚姻，放弃生命。

可以说，是顾先生间接地杀死了太太。至少，也是促进了她的死亡！

小说的结尾，是顾锦盒与裴子俊在母亲的墓前永结同心，相许终身——

> 母亲的碑，由女儿顾锦盒敬立，与丈夫无关，与顾家无关。
>
> 父亲跪在母亲的坟前面容呆滞，他的头发原已星星，而今更是一夜白头。早知道亡妻已经命不久长，为何不坚持到她生命最后一刻，让她无憾地离去呢？
>
> 他太急着扮演小人，白白让自己辛苦经营了一世的好丈夫好父亲形象功亏一篑，输得可能比母亲更加惨重。
>
> 我仿佛看到母亲的冷笑。不，也许她会去得很安心，她终于又可以与外婆在一起，自那里寻得永远的安慰和保护。
>
> 将来有一天，我也会去到那里与她们会合。
>
> 那个地方，人人都会去，包括父亲。但是我们祖孙三代女人，将不会理会他。

他是这个世界上最孤独的情人。

子俊在母亲的坟前执子侄之礼，我知道，这三个头磕下去，我们也便尘埃落定。

世上有很多女人都会怀着一段逝去的爱的记忆，嫁给另一个她爱的男人。

母亲说过，爱一个人九十九分，而让他爱你一百分，这才是真正的美满婚姻。不可能完全平等，也不可以爱得太尽。

她一直希望我能嫁给子俊。

也许这只是借口，其实我的心早已允了，在知道他安全下落神山的时候，我已经答应与他永结同心。

"子俊，"我忽然开口问，"你最爱的女人是不是我？"

"当然。"他一刻也不迟疑地回答，"不仅最爱，而且唯一。"

这个问题，我曾提醒自己永远不可以提问沈曹，因为他即使回答，我也不会相信。

可是现在我却问了子俊。

他答是。我相信。他说是，就一定是。

并且他说："锦盒，我一生一世都会这样爱你，照顾你，到老，到死。"

我抬起头，看天上有燕子双双飞过，他肯给我最真的答案，而我相信他的真心，也许，这便够了。

这便是大结局了。

本该有更详细的备述，但是我一向认为，文人飞扬自己的一支笔，往往会误窥天机，枉招天谴。曾不只一次试过自己的生活依照刚刚写就的故事而发生改变，因此每每提笔，颇觉忌惮。

虽然我的每一部小说里都几乎提到死亡，爱情与生命，一向是我小说的两大主题，可是写到小说主人公亲人的去世，还是会让我觉得不情愿。这本来该是一段煽情的细节，然而我觉得难以落笔。

故事毕竟只是故事，一个虚构的故事，我实不愿因为虚构而给自己的生活带来阴影。所以，宁可草草收尾，而不肯勉强自己做刻意的逼真形容。

并非我偷懒，想天下为人儿女者必会体谅我的苦衷。

西岭雪叩谢知己！

初稿于二○○三年十月于西安西航花园
修订于二○一三年十月于马来西亚马六甲

In Search of
Eileen Chang